Historia de España contada a las niñas | 15

Historia de España contada a las niñas

Puchi award es un proyecto de La Casa Encendida y Fulgencio Pimentel que busca premiar las propuestas de libro más brillantes y renovadoras, sin renunciar a ningún género, centrándose únicamente en su osadía y su vinculación con los distintos lenguajes del presente. En su segunda edición, de entre más de trescientos proyectos remitidos en convocatoria abierta, un jurado compuesto por Mónica Carroquino (La Casa Encendida), César Sánchez (Fulgencio Pimentel), la poeta Berta García Faet y el editor Luis Venegas decidió premiar la obra *Historia de España contada a las niñas*, de María Bastarós. Novela coral, a medio camino entre el drama rural, el esperpento y el *western, Historia de España contada a las niñas* se presenta como un fresco despiadado de muchos de los clichés que nos invaden desde todos los frentes culturales, componiendo un retrato inquietante, incisivo y fractal de nuestra realidad más cercana.

María Bastarós

Historia de España contada a las niñas

FULGENCIO PIMENTEL
La principal

La camisa de la Lola,
un chulo se la llevó.
La camisa ha aparecido,
pero la Lolita no.

Sainete lírico, 1880

Estoy brillando con highlighter
¿No lo ves?
Un clavel en mi melena
¿No lo ves?
He subido quince stories
¿No lo ves?
Mira que quiero ser buena
¿No lo ves?

Brillo. J BALVIN *feat.* ROSALÍA, 2018

PRIMERA PARTE

I

Valeria y Miranda ven por primera vez un hombre desnudo el 23 de junio de 1988. Es una noche clara y sin estrellas, en un cobertizo oscuro y con termitas. El hombre se presenta como un montañero experimentado. Viene de la sierra de Cebollera, a poco más de una hora en coche de Beratón tomando la carretera N-111. Tiene los ojos pardos, la nariz aguileña como un anzuelo de pesca y un pene blancuzco y flácido, que resplandece en la semioscuridad del cobertizo como un diminuto pez en el fondo abisal.

La visión de aquel miembro de aspecto grotesco es un acontecimiento nuevo para Valeria y Miranda. Pertenecen a una de las primeras generaciones del Beratón libre de hombres y, aunque puntualmente han conocido a otros excursionistas, el intercambio de información nunca se ha tornado tan explícito. El hombre del pito blandurrio les ofrece vino y cigarrillos, placeres que Valeria y Miranda han probado antes y que no desatan en ellas el entusiasmo previsto. En cambio, la fascinación de ambas se divide entre el pene cada vez más erecto del visitante y la caja de galletas Napolitanas que asoma de su mochila.

Cuando las mujeres de Beratón notan su ausencia, hace cuarenta y cinco minutos que Valeria y Miranda dormitan arrebujadas en la palangana del pickup del montañero, quejándose entre sueños del olor a pelo mojado y pienso que las envuelve como una manta de pastor.

II

Es la tercera vez que les pregunta si están seguros y la tercera vez que le contestan con paciencia que sí, están seguros. No han recibido llamadas amenazantes. Ni emails críticos. No hay rumores de boicot. De todas formas, la tía se muestra nerviosa, casi irascible. No es su primera vez ante un público universitario, pero es la norma común entre las celebrities de Internet. Las redes sociales construyen una relativa seguridad de la que carece el mundo tridimensional: mientras allí las turbinas de ceros y unos transforman sus peroratas en likes, aquí puede pasar justo lo opuesto. Una cara bostezando, una furtiva mirada al móvil, y esa quinta pared que constituye la pantalla del ordenador implosionará.

Pese a las limitadas expectativas del público, la sala está prácticamente llena. Solo las dos primeras filas se mantienen vacías, testimonio del pudor de los asistentes. La Conferenciante observa las hileras de asientos desocupados y se pregunta si los Insoportables aparecerán. Toda universidad tiene, como poco, un par de ellos. Aunque está habituada a su presencia, le provocan una pereza supina. Teme sus preguntas, astutas y capciosas, parapetadas tras cuadernos de notas trufados de pósits. Y le hastía ese regodeo en sus propias palabras, como si las relamieran con la punta de la lengua antes de expulsarlas. Resulta casi obsceno. Le recuerdan a ella misma hace veinte años. Una época dulce, en la que se tenía por depositaria de la Verdad con mayúscula. Ahora tiene, huelga decirlo, muchas más dudas que entonces. Pero no las esgrime. Su discurso tiene cerchas de acero en vez de piernas. No va a ir a ninguna parte.

Los Insoportables llegan por fin, casi al mismo tiempo. La Conferenciante los reconoce desde el primer instante. Con pasos de prestancia militar, alcanzan las primeras filas y se sientan forzadamente separados. Los dos despliegan ya una actitud de canibalismo intelectual. El recelo hacia ella es evidente, pero aún lo es más el que se guardan entre ellos. La observan como a una mariposa recién clavada a una lámina de terciopelo.

La Conferenciante desbloquea su ordenador y el fulgor blanquecino de la pantalla del proyector baña los rostros de los asistentes. La recién nacida masa de espectros se agita durante unos segundos, en una última concesión al nerviosismo.

—Gracias a todas y a todos por venir. —La voz de la Conferenciante suena demasiado aguda a través del sistema de sonido, como si tuviera una flauta atravesada en el esternón—. Vamos a comenzar.

Carraspea. Uno de los Insoportables ha levantado la mano. Algo le dice que la conferencia se alargará. En el centro de la pantalla, elevándose sobre la tirante trenza italiana que le difumina las patas de gallo, aparece el título de su reciente y polémico —«incendiario», según un número creciente de críticas— ensayo.

La Conferenciante lee en voz alta:

—*Contra el sexo.* —La Conferenciante carraspea de nuevo y continúa—: *Descapitalización de los afectos para la construcción de un entorno autosuficiente y autogestionado en el marco del libremercado*.

El texto en la pantalla puntualiza: «Un estudio de Laura Añón». A ella le habría gustado añadir algún que otro término más, tal vez «cosificación» o «hegemónico», pero el título cabe a duras penas en el lomo de la publicación.

La Conferenciante tenía sus reservas, pero lo cierto es que el enfoque estético de su editor ha dado sus frutos. El libro luce una estética punk, con una tipografía rosa sobre fondo amarillo que huele a verano y a festivales, tal vez incluso a anfetaminas: un guiño intencional a la cultura popular destinado a animar las ventas. De momento —y pese a lo arriesgado del discurso— parecen haber despegado a lo grande. «Esperemos que no sea un efecto Challenger», repite en cada mensaje su editor.

Aunque todavía es pronto para considerarlo un bombazo generacional, no existe la menor duda sobre su calado. En ciertos grupúsculos de la izquierda más feminista y radical, consideran a su autora una visionaria. Lanzadas a discreción desde su púlpito virtual, sus duras opiniones sobre Amanda Mahler, la estrellita progre de la llamada «nueva pornografía», se han transformado en titulares de los diarios digitales más leídos. La Conferenciante se ha convertido en la constelación más fulgurante de la galaxia de las redes sociales, y el hashtag #LauraAñón es trending topic desde hace semanas. Todos sus posts son visitados y compartidos una media de mil quinientas veces, y su perfil público no admite más solicitudes de amistad. En ello no ha influido solo su discurso, y la Conferenciante lo sabe. La principal diferencia entre Amanda Mahler y ella es que los tipos que se pajean pensando en la primera le proporcionan beneficio económico gracias a los constantes clics en sus vídeos online. Cuando se trata de la Conferenciante, deben conformarse con sus fotos en Facebook. Ella misma se ocupa de renovarlas con bastante frecuencia. Es una tarea —lo es para algunos— un tanto reprobable, pero lo cierto es que la Conferenciante nunca sexualiza sus autorretratos: no precisa de morritos ni de miradas zalameras; sabe que sus larguísimas piernas, su pintalabios oscuro y su ceñida pero sobria indumentaria de aire militar huelen a dominatrix, a bondage y a local de intercambio de parejas, un factor que entra en conflicto directo con su discurso y que hace mucho por su carrera.

De la misma forma, es consciente de que todos los tipos del Círculo de Igualdad de SePuede, el partido líder de la oposición anticapitalista, le quieren meter la polla por el culo y follársela hasta grabarle en la frente una constelación de heridas provocadas por las puntitas del gotelé de la pared, aunque ninguno pueda expresar abiertamente este deseo dado su evidente trasfondo patriarcal.

La Conferenciante se pone las gafas, carraspea gravemente por tercera vez y comienza a describir el núcleo de su ensayo, una reflexión bastante libre acerca de la hipersexualización en el siglo XXI. Respira tranquila ante el horizonte de la sala, sosegado y silencioso. Nada de pancartas, nada de puños en alto. No ha pasado todavía —y no puede asegurar que vaya a suceder—, pero cada nuevo evento abre un enorme y aterrador horizonte de posibilidades. Los temas del ensayo, someramente esbozados, son:

• El sexo como último bastión del capitalismo hiperconsumista.

• Las aplicaciones móviles destinadas a la consecución del denominado «fast sex» como la apología máxima del usar y tirar, con sus implicaciones antiecologistas, antirrevolucionarias y, desde luego, antifeministas.

• El sexo como la obsesión más alienante de la contemporaneidad.

• El orgasmo como «opio del pueblo».

• El poliamor, el amor libre y las nuevas formas de relación como el disfraz progresista bajo el que se ocultan intereses meramente individualistas fácilmente relacionables con el capitalismo y el patriarcado. Y con la publicidad intrusiva. Y con las niñas explotadas en fábricas deslocalizadas en la India. Y con la deforestación. Y con Ronald McDonald.

Mientras habla, la Conferenciante pasa revista a un público cada vez más receptivo. La mayoría son mujeres de entre veinte y cuarenta años. Como excepción, algún varón desperdigado genera un pico en las líneas de cabezas más o menos homogéneas que emergen de los asientos.

En la última fila, discretamente situado en semipenumbra y aislado del resto de asistentes, un tipo con perilla, melena lacia y coleta baja se masturba en silencio. Mientras observa con ojos cánidos a la Conferenciante, fantasea con «la bolchevique». No se trata del alias de un viejo amor de su juventud revolucionaria, sino de una postura sexual ideada junto con sus compañeros de las Juventudes Comunistas durante una asamblea abierta a la que no acudió nadie. La postura, que fue denominada así en detrimento de «la internacional» por votación a mano alzada, es una virguería sexual algo enrevesada durante cuyo ejercicio la mujer, montada a horcajadas sobre el hombre, arquearía la espalda hacia atrás y flexionaría las rodillas usando como apoyo los talones —cerca ya del pino puente—, de forma que la confluencia de las siluetas de los amantes reprodujera la forma de la hoz y el martillo.

La Conferenciante mira al tipo y lo reconoce. Se trata de un cabecilla político, aún emergente, al que se augura un gran futuro dentro de esa «nueva izquierda» que la reverencia. Acude a casi todas sus conferencias, incluso a algunas fuera del país, y repite siempre el mismo numerito. La Conferenciante siente cómo sus pulsaciones se aceleran y se le humedecen las bragas, y concluye los ruegos y preguntas de los Insoportables de forma algo brusca.

III

AM
señores est viaje es la prueba definitiva
para ser un lobo 10:34 ✓✓

AB
tamos todos d acuerdo 10:34

CJ
como llevais ls preparativos?? 10:42

DG
casi todo ya metido en el Tiguan 10:43

IV

Los Predictor de última generación incorporan tres mejoras principales:

Informan del tiempo exacto (días y horas) que la usuaria lleva embarazada.

Indican si la gestación está aún a tiempo de ser frustrada mediante el uso de una de las llamadas «pastillas del día después», cuya capacidad de acción se ha incrementado hasta el punto de ser capaces de detener un embarazo de un mes y medio de antigüedad.

Vibran cuando han generado las respuestas anteriores, una tecnología meramente destinada a mejorar de forma algo abstracta la experiencia de la usuaria, que si bien no resulta particularmente práctica, aumenta la percepción de modernidad y, por ende, la confianza asociada al producto.

Cloe desenvuelve la estrecha cajita de cartón que acaba de adquirir en la farmacia y deposita el papel cebolla sobre la repisa superior del váter.

A continuación, extrae el Predictor de su envase y orina cuidadosamente sobre la parte porosa del pequeño objeto blanco.

Su veredicto supondrá bien un gran alivio o el inicio de un incómodo proceso que podría llevarla a acabar reclinada sobre la fría camilla de su ginecóloga y con trescientos euros menos en su cuenta corriente.

No contempla la opción de tener ese bebé que ahora su naturaleza curiosa y las rémoras de su educación católica se empeñan en perfilar en su imaginación: gordito, rosado, con la nariz chata, sano, vestido de azul, vestido de rosa, dormitando bajo la mirada de vecinas metomentodo que se detienen a poner nota mental a los recién nacidos del barrio, mientras sus madres, primerizas y asustadas, pasean en brazos como si se tratara de bombas racimo. Lo imagina enfermo, con una malformación congénita que afecta al sistema respiratorio o al cardiovascular, risueño, llorón, con síndrome de Down, con Asperger, con los ojos azules, con la polio.

La maternidad es para ella un panorama aterrador que —piensa ella— la edad nunca conseguirá teñir de rosa, en contra de los invasivos pronósticos que ciertas amigas —los pezones manchados de leche materna transparentándose a través de camisetas de lactancia con horribles diseños coloristas de Desigual— le dirigen cada vez que tienen oportunidad.

Su madre le dijo hace años que cuando encontrase a la persona adecuada, cuando estuviera enamorada *de verdad* —ese «de verdad» que solo adquiere legitimidad al ser pronunciado por mujeres en matrimonios considerados *exitosos*, aunque su éxito se deba más a una resignación bien llevada que a un perpetuo estado de alborozo y disponibilidad sexual—, las ansias por quedarse embarazada acudirían a ella en tropel, como un ejército entusiasta que pasara veloz sobre su antigua vida, convirtiéndola en un arrasado solar del que solo asomarían algunos espumarajos de césped, secos y aplastados. El augurio, de momento, no se ha cumplido, aunque Cloe es consciente de estar enamorada *de verdad* y de que su pareja es el Mejor Novio Posible.

Cloe y el Mejor Novio Posible llevan juntos poco menos de un año y ella está segura de que juntos forman una pareja *perfecta* y *envidiable*. Se conocieron durante un festival de autoedición al que Cloe acudió junto a su prima X, una habitual de estos eventos cuya máxima es atrincherarse en el propio puesto y dar algún que otro paseo, sin socializar demasiado y mirando con desdén las publicaciones de aspecto más naíf.

El Mejor Novio Posible formaba parte del equipo de organización del festival y era uno de sus ponentes habituales; en este caso, con una conferencia acerca de las ventajas y desventajas de la autoedición para autores noveles. En aquella ocasión, Cloe había sido la protagonista del evento con sus breves pero muy agudas y divertidas intervenciones durante la ronda de preguntas. Al día siguiente, el Mejor Novio Posible pasó por el puesto de la prima para adquirir un par de fanzines a base de collages —que no pensaba abrir— e invitar a Cloe a comer. Ella se encargó de opinar sobre la maqueta del libro aún inédito del Mejor Novio Posible, además de acabar comprometiéndose a escribir un pequeño prólogo. Con esta tarea como excusa, Cloe y el Mejor Novio Posible comenzaron a hablar casi a diario y acabaron intercambiando información que trascendía ampliamente lo literario. Finalmente, y tras un par de semanas parapetada en su casa como una refugiada política en una embajada, Cloe se instaló en el hogar del Mejor Novio Posible. Desde entonces, no se han separado, y Cloe se siente cada vez más enamorada, pese a las reservas derivadas de un pasado de relaciones extremadamente cortas y francamente decepcionantes. La vida junto al Mejor Novio Posible, de momento, tiene el discurrir de un apacible río.

En realidad, si se decidiera a formar una familia, no habría mejor candidato: el Mejor Novio Posible es inteligente y creativo, no le interesa convertir en dramas los pequeños conflictos de pareja (y sabe cómo resolverlos rápida y hasta tiernamente), no se da por vencido ante las adversidades (prueba de ello es el tiempo que ha tardado en conseguir que una editorial acepte su último libro, aquel que estaba terminando cuando conoció a Cloe) y probablemente es el hombre más alejado de la categoría «cabrón de mierda» que Cloe ha conocido en sus veintiocho años de vida. A lo mejor tener ese bebé no es una idea a desestimar tan rápidamente.

Cloe se sienta en el sofá granate del salón y se arropa con la manta escocesa que usan para tapar las quemaduras de cigarrillo de la tapicería. Si se quedara embarazada, es altamente probable que el Mejor Novio Posible dejase por fin de fumar, como ella le ha sugerido decenas de veces. Y ella podría seguir trabajando, desde ese mismo sofá en el que está ahora, e incluso aprovechar el reposo —en caso de resultar necesario— para empezar a trabajar en su tesina, esa que el Mejor Novio Posible siempre le anima a comenzar. Porque el Mejor Novio Posible confía plenamente en sus capacidades, y ella en las de él, y puede que sea precisamente eso lo que los mantiene enamorados, esa especie de admiración no idealizada por el otro, esa seguridad de estar con alguien que los iguala, si no los supera, en talento y capacidades.

Cloe mira las cajas de cartón que se suceden en el rellano y que contienen —por fin— el libro recién impreso del Mejor Novio Posible. Aunque han prometido abrirlas juntos por la noche, Cloe no puede resistir la tentación, embriagada por una especie de nostalgia sensiblera que ha empezado a apoderarse de ella a los pocos minutos de mear sobre el Predictor.

Extrae uno de los libros y analiza minuciosamente la cubierta; es laminada, y la ilustración muestra un perro orinando sobre un busto de aspecto clásico, inspirado en los retratos de burgueses italianos de Bernini. Es una imagen que no guarda relación con el contenido del libro, que les encanta por su irreverencia hacia el academicismo artístico y que, pese a sus intenciones, huele más a travesurita esnob que a otra cosa.

Cloe pasea por el recibidor con el libro entre las manos y la mirada perdida. Espontáneamente, se le ocurre lo bonito y original que sería colocar el libro en uno de esos marcos blancos con fondo de Ikea y disponerlo sobre la cabecera de la cuna del bebé. Un bebé al que llamarían mediante un nombre compuesto por una mezcla de los de ambos y que sacarían adelante pese a una enfermedad congénita y a un trastorno de hiperactividad infantil que encauzarían de forma positiva, apuntando al niño a clases de teatro o de contrabajo en lugar de atiborrarlo a Ritalin.

Entra en el estudio y lo imagina pintado de blanco roto y decorado con cenefas de hiedras o medias lunas, con la cuna a un lado y el cambiador al otro, la luz entrando por la ventana y proyectando sombras con forma de zepelines y globos aerostáticos, gracias a las pegatinas de vinilo que dispondrían sobre el cristal para fomentar la exultante creatividad del futuro adulto en que al cabo de los años se convertiría el bebé. Un adulto que sería cirujano o músico de jazz o crítica de arte o ingeniera aeroespacial, que los haría sentirse orgullosos de haber traído tanto talento al mundo.

Cloe extrae la foto de uno de los marcos que decoran su salón —donde aparece junto al Mejor Novio Posible sobre el capó de un coche en un pueblo perdido de Yucatán— e introduce en él uno de los libros. No cabe del todo, pero le permite hacerse una idea. Imagina cómo le contaría a Luna o a Bastian —los últimos nombres que le han venido a la cabeza tras tantear otros veinte o treinta— cómo se conocieron sus padres, mostrándole el libro de la cabecera y leyéndole fragmentos que Lily o Tobías acabarían sin duda memorizando para regocijo del Mejor Novio Posible. Los ojos de Alma o Polo abiertos en par de par, ávidos de una línea más de la obra de su admirado padre.

Cloe acaricia la portada del libro y lo abre.

Su nombre no aparece por ninguna parte.

No figura entre los agradecimientos.

El libro entero está dedicado a Hannah, la anterior pareja del Mejor Novio Posible, que vivió en aquella casa hasta pocos meses antes de que este y Cloe se conocieran.

«Para Hannah; este libro es de los dos».

Las manos de Cloe dejan escurrir el libro, que cae al suelo abierto por la página veintidós.

El Predictor vibra con insistencia sobre el lavabo del baño.

V

Todo comienza cuando el niño solitario desciende las escaleras del tren de larga distancia parado en el andén número tres de la estación norte de la Ciudad.

La sirena que anuncia su llegada le parece al niño el lamento de un animal marino asustado. El tren, una enorme ballena varada en mitad de un mundo áspero e inhóspito. La Ciudad, la superpoblada red de unos pescadores furtivos de dientes rotos y mirada estrábica.

El niño solitario se llama Miguel y acaba de llegar de Beratón, un pueblecito aislado a los pies del Moncayo. Los escasos edificios que forman Beratón surgen de la tierra acosados por frondosos rebollos, chopos y carrascas. La telefonía no ha llegado al pueblo, exceptuando un pequeño aparato de ruleta instalado en la casa de la más anciana. Allí, las mujeres se arremolinan en torno al teléfono comunitario para recibir noticias de sus familiares, en su mayoría residentes en Zaragoza, Logroño y la capital soriana.

Hay censadas veintiséis personas en el pueblo. De las veintiséis, solo ocho superan los setenta años, solo cuatro tienen menos de quince y solo una, el pequeño Miguel, es un varón. Es un pueblo condenado a una extinción tranquila, sin grandes aspavientos ni estertores de muerte llamativos. La vida en Beratón discurre discretamente e igual de discretamente se dirige a su inevitable final. A ninguna de las mujeres que habitan sus tierras parece preocuparle lo que suceda mañana, ocupadas como están con el trabajo de los campos y la ganadería lanar, su principal medio de subsistencia. Una vez cada diez días, un joven llega al pueblo conduciendo una furgoneta naranja cargada de productos ultramarinos y tabaco marca Gauloises, un vicio al que las mujeres de Beratón sucumben cada noche y que suelen acompañar de unos chatos de licor de hierbas que preparan ellas mismas. Bernardo les acerca también viejos ejemplares de *Ajoblanco*, *Hermano Lobo* y otras revistas compradas en el rastro que las mujeres devoran y a menudo se leen en voz alta durante sus reuniones.

Los hombres abandonaron Beratón hace años. Los únicos partos recientes que ha conocido el pueblo —tres, para ser exactos— se deben a sendos escarceos de sus habitantes fértiles con los habitantes de villas cercanas. Estos encuentros son provocados por las mujeres de Beratón con el único objetivo de experimentar con su sensualidad y nunca con un propósito romántico. Al menos, eso dicen ellas. A día de hoy, todas afirman estar plenamente satisfechas con sus relaciones afectivas, que son exclusivamente femeninas y que, en ocasiones, se tornan físicas y grupales gracias al influjo de la luna y del licor de hierbas de la localidad.

El último nacimiento, el del pequeño Miguel, despertó cierta incomodidad entre las habitantes del pueblo. La irrupción de aquel bebé con su colgajo parecía resucitar en ellas miedos y tensiones dormidos desde la marcha de los hombres a las localidades periféricas. Pero todo aquel recelo se esfumó muy pronto, sin hacer ruido, como suelen suceder estas cosas. El rosado recién nacido no tardó en ser aceptado por la comunidad y creció amparado por los atentos cuidados de aquellas mujeres de manos callosas y pies ennegrecidos.

VI

X es muy afortunada por tener una cara bonita y unas manos discretas, porque no es lo suficientemente profesional como para conservar un trabajo más de dos meses. Suele definirse como artista emergente pero, de momento, su obra no genera ni gran expectación ni, desde luego, beneficios económicos.

Desde que empezó a sacarse las castañas del fuego, se ha empleado como dependienta en una tienda de cómics, de donde la echaron ante sus constantes comentarios despectivos sobre el gusto de ciertos clientes —los más ubicuos, concretamente—; como camarera; como técnica de sonido en una diminuta sala de conciertos, y como creadora de identidad visual para pequeñas empresas. Su periodo laboral más duradero fue de cinco semanas y dos días, todo un récord del que salió resoplando y con un efectista portazo que incluyó la pérdida del finiquito. Actualmente, sus escasos ingresos provienen de la generosidad de sus padres adoptivos y de la reventa de las rarezas musicales que encuentra en mercadillos, tras arduas búsquedas, y que luego ofrece a subasta en la plataforma de compraventa Ebay. Su mayor triunfo hasta la fecha ha consistido en la adquisición de un ejemplar original del álbum *Diamond Dogs*, de David Bowie, cuya portada exhibe un personaje, híbrido del cantante y de un perro de raza pitbull (parte superior humana, inferior canina), que fue rápidamente censurado debido a la contundente presencia de los aterciopelados genitales del animal. Después de que estos fueran eliminados del diseño, los pocos ejemplares que los mostraban se convirtieron en objetos preciadísimos. Tan preciados que X obtuvo quinientos cincuenta euros a cambio de su hallazgo.

Y eso no es todo. X sisa, con eficacia y parsimonia, entre cincuenta y cien coloretes, pintalabios y eyeliners de marca al mes en distintas grandes superficies y droguerías de la Ciudad, para luego venderlos por algo menos de su valor de mercado a sus compañeras de la facultad de Bellas Artes, gracias a las cuales ha establecido toda una red de tráfico de cosméticos (en la que se admiten pedidos). En su barrio —sillas plegables ante los portales, tejas inestables que dan algún que otro disgusto, invasivo olor a fritanga y una infatigable banda sonora a base de berridos y Radiolé— no hay un solo sitio en el que hacerse con este tipo de fruslerías. La tiendita frente a su edificio no dispone siquiera de esos famosos pintalabios marroquíes de pasta morada o azul que se vuelven rosas al contacto con la piel. La casi nula demanda de todo lo que no sea papel de plata, que los yonquis adquieren allí nada más abandonar alguno de los narcopisos de la zona, ha hecho que el dueño del local haya desistido de adquirir golosinas y maquillaje barato para hacer hueco al aluminio, las litronas de cerveza, el Aquarius y los cigarrillos sueltos. Envuelto por un rumor empalagoso de anime ochentero, con sus voces nasales y su vocoder a granel, el dependiente atiende a sus clientes con apatía, con la cara de alguien que se ha resignado a no entender qué demonios pasa en España con el papel de plata y por qué la mitad de sus ingresos proceden de él. Es la cara de un niño que salió de su aldea de Hangzhou, en el sureste de China, para caer directamente en esa banqueta, desde la que ahora mira a X con gesto inexpresivo. Un euro, recalentado tras varias horas descansando en el bolsillo trasero de los vaqueros de X, cae sobre la palma de su mano, tras lo cual la chica recoge un par de cigarrillos Chester y se aleja de allí casi dando brincos.

X sube ahora las escaleras de su casa. Vive en un piso diminuto, en el cogollo de una de las zonas más turbias de la Ciudad. Dormitorio, salón y cocina se funden en un apasionado abrazo de veinte metros cuadrados. Tras encender uno de los cigarrillos, se sienta ante su ordenador, un renqueante portátil de segunda mano que suspira aparatosamente en cada nuevo encendido y que X emplea para realizar sus collages. Una fotografía de la finlandesa Maria Lax funciona como fondo de escritorio: un rectángulo sombrío sobre el que se recorta un bosque iluminado por fugaces resplandores azul turquesa. La obra de Lax, de aspecto onírico pero ejecución lúcida, gira en torno a las apariciones de Objetos Voladores No Identificados que tuvieron lugar en su pueblo natal, Pudasjärvi, durante los años setenta. Diversos testigos describían entonces luces azuladas y fantásticas, que se dejaban ver en las zonas boscosas del pequeño municipio finlandés y atravesaban el firmamento o el suelo raso dejando una estela hipnótica. Después de leer el libro que su propio abuelo había escrito sobre aquellas apariciones, Lax se dedicó a entrevistar a las personas que vieron las luces con sus propios ojos, recreándolas luego en una serie de fotografías que X ha impreso y empleado para decorar cada metro de pared libre de su dormitorio.

La misión de X, si podemos llamar misión a las obligaciones que se derivan de una actividad absolutamente voluntaria, es encontrar imágenes de buena calidad relacionadas con la multinacional Coca-Cola. Su intención es imprimir y recortar todas esas imágenes, ya provengan del ámbito de la publicidad o de publicaciones personales, para realizar un collage en el que aparecerán combinadas con fotografías de la campaña electoral de Donald Trump, bombas atómicas, intestinos humanos rojos y relucientes como un montón de rubíes mojados, flores de interior invadidas por amorfas manchas de pulgón y guaraníes. Según ha leído recientemente, los guaraníes son un grupo indígena latinoamericano expulsado de sus territorios originarios por el megaproductor industrial agroalimentario Bunge, encargado de suministrar a Coca-Cola la caña de azúcar para la elaboración de sus productos. Los guaraníes conviven actualmente en angostos campamentos de tiendas Quechua, guirnaldas de miseria que flanquean las carreteras en zonas de Brasil, Paraguay, Argentina y Uruguay. Allí caen enfermos, se dan a la bebida y, con frecuencia, se suicidan.

X rastrea Google a la caza de imágenes que muestren la tragedia de los guaraníes, combinando en la barra del buscador las palabras «guaraníes Bunge», «guaraníes azúcar de caña», «Coca-Cola guaraníes», etc. La pantalla de su laptop ofrece todo un paisaje de cuadraditos habitados por hombres de piel anaranjada y tocados con plumas de colores cálidos. En la decimosexta fila de imágenes, en el tercer lugar empezando por la izquierda, X ve una fotografía descontextualizada que algún complejo algoritmo de Google o alguna cookie despistada ha decidido sacar a colación. Se trata del selfie de una adolescente de unos quince años, con el cabello rubio adornado por desleídos mechones azules y ropa interior de Sailor Moon. X clica sobre la imagen y la examina con detenimiento. La adolescente debe de pesar unos cuarenta kilos, tal vez menos. Sus codos tensan su piel como afiladas puntas de lanza y la columna vertebral se le dibuja en la espalda como una aleta de tiburón rasgando el mar. La fotografía, subida por SiempreHada_15, va acompañada de una descripción:

> Hoy he bajado a 39.
> Una deposición, más o menos del tamaño de las cajitas de las sorpresas de los huevos Kinder.
> He descubierto que Hada_Mia tenía razón con lo de la Coca-Cola Zero. Casi no tiene calorías y aporta mucha energía. Hoy he ingerido solo Coca-Cola Zero y dos rodajas de piña, a las 14 y a las 18:30. Cada vez estoy más cerca de mi objetivo.
> ¡Fuerza, hadas!
> #thinspiration

X busca resultados del hashtag #thinspiration en la red. Todos son imágenes de niñas en la pubertad mostrando orgullosas su delgadez: compiten para ver cuál de ellas es capaz de tocar su cadera izquierda con la mano del mismo lado, pasando previamente esta por la espalda; se dedican palabras de afecto y de ánimo, lamentan las recaídas de aquellas que vuelven a ingerir alimentos sólidos, celebran cada kilo perdido, intercambian trucos para disimular el aliento a acetona que provoca la desnutrición, maldicen a sus padres y construyen sus identidades sobre apodos como Belle_Mia o Queen_Ana («mia» como abreviatura de bulimia, «ana» como abreviatura de anorexia).

Mientras cierra el ordenador, X se alegra de que el Predictor de su prima Cloe haya dado negativo.

VII

—En realidad, se trata de trasladar la energía natural del universo a planos más terrenales. Son cosas en las que la gente no suele pensar. Sujétame esto, Miranda. Vosotras sois jóvenes y no habréis reparado en ello. O tal vez sí, sois unas crías muy listas. —Guiño—. La cosa es que el mundo, nuestro mundo, está formado por energías. Podéis ir cortando las zanahorias. —Hoy está contento, y eso lo vuelve parlanchín y didáctico—. A mí, personalmente, no me gusta hablar de lados positivos y lados negativos. Hablar de lo negativo es casi como invocarlo. Así que digamos que todo tiene su lado A y su lado B, con sus fuerzas y sus energías en constante enfrentamiento, y es nuestra labor, ¿cómo decirlo?, equilibrarlas, mantenerlas a raya. ¿Entendéis? Ten cuidado con eso, no te vayas a cortar. Voy a intentar explicároslo de una forma sencilla. En el mundo tenemos, en fin, no sé, el cielo y la tierra, ¿verdad? El cielo y la tierra, la luz y la oscuridad, lo celeste y lo subterráneo. Lo masculino y lo femenino. No es que haya que eliminar una de esas dos cosas, todas son necesarias. Pero hay que procurar que ninguna se haga demasiado fuerte, especialmente las segundas. No es que sean peores, claro. Pero son más difíciles de controlar. Echad las zanahorias con los berros ahí. Es importante que se cocinen a fuego lento, resulta más respetuoso. —Se limpia las manos sacudiéndolas contra el delantal, salpicado de alguna que otra mancha color mostaza.

»El respeto es otra cosa que no se suele tener en cuenta, pero es un asunto primordial. No el respeto formal hacia los demás. No ese respeto falso, institucionalizado, que despoja a los hombres de su identidad: el respeto hacia la verdadera naturaleza de las cosas, la esencia de cada criatura… Cómo decirlo… Su papel. Es como con el ciervo. Lo hallamos en un momento de debilidad, ¿cierto? Y de alguna forma fue nuestra culpa, porque el foso en el que cayó fue construido aquí por el hombre. Por mí, quiero decir. En su territorio. Por eso lo estáis cuidando, para que se recupere. Pero algún día tendremos que respetar su verdadera naturaleza y devolverlo a ella.

»¿Qué ocurre? No me miréis así, ya os he dicho muchas veces lo del ciervo. Uno no debe generar energías negativas cuando cocina su propia comida. Eso también es importante. Valeria, abre la nevera. ¿Veis cómo están repartidos los alimentos? Así es fácil recordar si se trata de alimentos yin o yang, y qué tipo de energía desprenden.

»Vosotras tenéis suerte, todo lo que hay aquí está cultivado de forma natural. Ningún pesticida envenena lo que coméis. La mayoría de la gente no puede decir eso. Coge las espinacas y las setas. Eso no son espinacas… Lo de arriba. ¿No os sentís afortunadas de tener acceso a cosas como estas? Es algo excepcional, creedme. ¿Queréis que haga algo dulce para desayunar mañana? Venga. Decidme. Valeria. Algo que os guste.

Valeria interroga a Miranda con la mirada. Su amígdala, envuelta en la telaraña que su instinto de supervivencia comenzó a tejer a los pocos días de que el Montañero se las llevara de Beratón, apenas emite un ligero brillo. Pese a todo, la cirugía del subconsciente es imposible, y al final de esas oscuras escaleras de caracol hay algo que respira, tenue pero ininterrumpidamente. Algo vivo bajo todos esos hilos que, temporalmente, contienen el caudal de la memoria. Algo muy abstracto, ni siquiera una imagen o un sabor. Solo un aroma leve a canela que queda suspendido durante unos segundos en el hipotálamo antes de desvanecerse definitivamente.

—En fin, no importa. Haré una tarta de fresa, ¿de acuerdo? —El Montañero se gira hacia la nevera—. Esperad, no quedan fresas. Podemos hacerla con frutos rojos. El sabor es parecido y su energía es similar. Hay energías que son implosivas, hacia dentro, y otras que son expansivas. Las de los frutos silvestres suelen ser expansivas, eso es bueno.

Valeria y Miranda asienten con la cabeza.

—Ya veréis qué maravilla. Hay algo muy purificador en el hecho de comer frutos rojos, ¿sabíais? Los primeros hombres se alimentaban de bayas y frutos silvestres. Es casi como volver a los orígenes.

Miranda acerca su mano derecha a la pequeña cajita de cartón que contiene las frambuesas y las moras, sobre las que aún se pasea algún diminuto insecto.

—¿Puedo comer una baya?

—Claro, sí. Coged un puñado cada una e id abajo.

Las hermanas se miran.

—¿No podemos quedarnos aquí?

—Es muy tarde.

—Por favor…

—Nada de eso. Venga. Id abajo. —El Montañero saca un molde metálico de la alacena y se lava las manos—. Bajad —dice, concentrado—. Luego iré yo.

Con la mirada ausente, los dedos recién untados en mantequilla, frota con afán el interior del molde.

VIII

Hola, veréis, necesito que me prestéis atención un momento. Ahora, al calor de este fuego, ha llegado la hora de comentaros algo bastante duro. Es la hora de que cojáis mi mano (de forma metafórica, claro) y os adentréis conmigo en un terreno un tanto… cenagoso.

Cloe es una buena persona, ¿sabéis?, no le gusta montar escenas ni levantar la voz a no ser que se deba a un asunto político, como un escrache o una manifestación por las presas explotadas en la macrocárcel de Zuera. Es una chica dulce y formal. La clase de chica que os arroparía en un after si os quedaseis dormidos con la baba colgando y los mocos deslizándose en lenta cascada hasta vuestra barbilla. La amiga que siempre os coge el teléfono, que os presta el coche aunque sepa que conducís como un mono con retraso mental, que os hace la compra si andáis apurados, que os ayuda a limpiar la casa y os procura comida caliente tras una ruptura dramática. Esa clase de persona es Cloe. Y por eso, a la luz de este fuego, vamos a mirarla a los ojos y a perdonarla. Aunque ahora esté irreconocible. Aunque ahora pueda darnos un poco de miedo.

No podemos juzgar a las personas por un único acto irresponsable y apasionado.

Por eso os pido que, alzando vuestras voces por encima del crepitar de este fuego, gritéis todas conmigo:

¡TE PERDONAMOS, CLOE!

Hacedlo, perdonadla de corazón, y que este fuego[1] sea testigo.

---

1 «Este fuego» no es sino una inmensa hoguera alimentada por los 300 ejemplares de la primera tirada del libro del Mejor Novio Posible, al cual a partir de ahora llamaremos simplemente Dory, como el pez imbécil de *Buscando a Nemo*. [Esta nota y todas las sucesivas son de la autora].

IX

Una vez en su apartamento (situado en el barrio con mayor tradición obrera de la Ciudad y dotado de tres barberías, seis talleres de bicicletas, dos tiendas de ropa vintage y cuatro cafeterías, llamadas Viva la Vida, Viva Brunch, Brunch Life y Vida de Brunch), la Conferenciante se desplaza procurando hacer el máximo ruido posible. Lanza el bolso, previamente abierto, sobre la cómoda del recibidor, de forma que todo su contenido se desparrame sobre el parqué en animada cacofonía, y entra en el dormitorio abriendo la puerta con innecesaria violencia.

Su marido ya está acostado, aunque solo son las nueve y media. La Conferenciante se tumba a su lado, se inclina sobre su rostro y finge un estornudo, pasa el brazo izquierdo por encima de su hombro elevado y le da un beso en la nuca. Él no reacciona. La Conferenciante le acaricia el pelo y le dice que lo quiere y que ojalá estuvieran de vacaciones como aquel verano hace quince años, cuando eran dos veinteañeros que fumaban marihuana y discutían entusiasmados sobre Lacan y Derrida y recorrían Francia haciendo autostop, durmiendo en centros sociales ocupados y alimentándose de las sobras de las mesas de las terrazas aún sin despejar. Su marido sigue sin reaccionar, pero la Conferenciante continúa hablando de aquel viaje hasta que la soledad de su monólogo se hace demasiado evidente, demasiado sólida, como una gran losa que descendiera desde el techo y poco a poco convirtiera el dormitorio en un zulo. Su voz adquiere un tono quejumbroso mientras ella hunde la cara en el pelo de su marido, que huele a una mezcla de suavizante y humo de cigarrillos Marlboro.

Catorce minutos después, se incorpora con los ojos vidriosos. Tras encerrarse en el baño contiguo, abre el grifo del lavabo, se sienta en el suelo, flexiona las rodillas, se quita la ropa interior y se masturba mordiéndose el labio inferior para no emitir ningún gemido.

Después de correrse de forma poco apasionada, se tumba sobre los fríos azulejos del suelo y enciende un pitillo, los párpados apretados y las mejillas convertidas en un tobogán de lágrimas.

X

Guiado en sus excursiones infantiles por las dos gemelas pelirrojas que lo superan en cuatro años, Miguel aprende a alimentar a los vencejos caídos prematuramente del nido. Es una operación delicada, a base de mucha paciencia y pienso para ganado mezclado con agua. Aprende también a reconocer todas las constelaciones de estrellas, que se dibujan con precisión en un firmamento sin mácula de contaminación lumínica. Su madre le enseña a cocinar la golosa mantequilla local y lo introduce en las labores de calceta. Para satisfacción de las mujeres de Beratón, Miguel llega a desarrollar un estilo francamente personal, basado en motivos geométricos de colores muy vivos que, según una de las ancianas más entendidas, recuerdan a la obra textil de Miriam Schapiro y otras creadoras de los setenta.

Cuando comienzan las pesadillas, su madre las interpreta como el augurio de algún malestar físico. Tal vez una gripe. Una de esas fiebres que hacen crecer cinco centímetros de golpe a los niños, circunstancia que no le caería nada mal al pequeño Miguel. De alguna forma anómala y caprichosa, como son las formas en Beratón, las suyas son unas pesadillas muy bien educadas, que tienen la cortesía de avisar de su advenimiento. Antes de caer profundamente dormido, y siempre que la pesadilla va a apoderarse de su descanso, el niño ve brillar intermitentemente una pequeña luna, de un dorado casi fluorescente, en la esquina inferior derecha de su campo de visión. Algo parecido, esto lo sabrá años más tarde, les sucede a los enfermos de migrañas crónicas.

Tras el anuncio, y una vez el sueño gana la partida a sus párpados, aparece eso, «esa cosa», como lo llama su madre. Esa cosa es, concretamente, un ciervo blanco: el hocico húmedo y agrietado, el pelaje albo de aspecto pegajoso y las orejas a rebosar de ácaros.

Pese a no tener consistencia física, su presencia es densamente inquietante. A su poco lustre se suma la funesta carga simbólica que los animales albinos tienen en la comunidad. Se los considera, por así decirlo, pequeñas disrupciones en el curso normal de la naturaleza. Señales de que algo no va del todo bien. Pero, salvando alguna excepción agorera, las mujeres de Beratón no son especialmente supersticiosas. Y hay que admitir que la actuación del ciervo, siempre tan exacta, ha acabado por entrar en el sereno universo de la rutina.

Uno no espera muestras de desapego del protagonista de su pesadilla. Pero lo cierto es que la bestia nívea no presta mucha atención a Miguel. Se limita a pasearse y olfatear la hierba, clavando de vez en cuando sus ojos grisáceos en él. Tiene el vientre abultado, como la parte inferior de un envase de huevos o una obra de látex de Louise Bourgeois. Las protuberancias que tensan su piel, sin embargo, no son estáticas. Los bultos se revuelven inquietos y lo hacen aullar lastimeramente, mostrando una dentadura erosionada que se va oscureciendo conforme asciende hacia las encías. «Eso es mala señal, chiquillo. El pronóstico de una desgracia», concluye amenazante una las ancianas con el índice apuntando al cielo. «Desde luego, qué mala baba... Tú ni caso, mi amor. Eso es que es una hembra», le asegura otra, cogiéndolo del hombro; «una hembra preñada y a punto de parir». En cuanto los bultitos dejan de menearse, la cierva (ahora está claro que es una cierva) continúa a lo suyo, masticando algunos mechones de hierba, curioseando el pie de un árbol y echando algún que otro vistazo a Miguel. De pronto, sin previo aviso, se encabrita. Asustada o furiosa, no podría decirse con seguridad, comienza a correr en círculos en torno a Miguel, incorporándose por fin sobre las patas traseras y dejando a la vista esos bultitos revoltosos. Sus bramidos son cada vez más agudos y elaborados. Casi palabras. Y entonces, cuando el torrente de la dicción parece estar a punto de brotar de la garganta del animal, Miguel es arrancado del sueño de un zarpazo. El trance le deja los ojos hundidos, las mejillas pálidas y la frente perlada de gotitas de sudor.

Con el tiempo se ha ido acostumbrando a estos breves episodios, apenas le suponen más que un trastorno puntual. La cierva, del color de la nieve sucia y ojos casi humanos, parece haber llegado a su psique para quedarse. Podríamos decir —su madre lo hace— que el animal forma ya parte de él. Y uno no emprende batalla contra sí mismo. Porque «a la mente hay que escucharla, hijo mío, no mutilarla».

XI

—Me lo tuvieron que amputar, tía. Cosa de mi prima Cloe. Salvaje, ¿eh? La verdad es que de crías tuvimos algún que otro lío. Su familia se empeñó en que no perdiéramos el contacto. Son muy de hacer «lo correcto», pese a todo y contra todos. Contra mí, en concreto. No los culpo, son gente decente. No sé si a ellos les tocó la hija buena o a mí la madre mala. No es que sea mala de verdad, no creas... Sencillamente, está un poco mal de la cabeza. Dice que fui yo quien la empujó a la locura. Lo cierto es que durante mi infancia puso bastante empeño en que todo saliera bien. Mi dormitorio estaba pintado con pájaros naranjas y marrones en el techo y tenía una de esas guirnaldas de lucecitas parpadeantes que encendíamos de vez en cuando para jugar a sombras chinescas. Los domingos, los padres de Cloe la traían y ella hacía como que no se daba cuenta de lo miserablemente pequeña que era mi casa frente a la suya. A ella le tocó una familia pija, con una finca con piscina y con un huerto en el que jamás los he visto agacharse. Se limitan a supervisar y decidir qué se planta. La madre cuida los rosales, eso sí. Nos daba una turra insoportable con eso. Su favorita era la Lady Banks, una rosa de origen chino que trepa hasta los seis metros de altura. No, normalmente tienen un tono amarillo. No sé la de veces que he tenido que aguantar una charla sobre las virtudes de la Lady Banks, su falta de espinas, sus usos en la medicina asiática para curar la lepra y la gangrena... Yo quiero un gin-tonic, gracias. Cuando tenía unos doce años, la madre de Cloe me pilló arrancando todas sus preciosas Lady Banks. Aunque es verdad que no pinchan, me llevé un par de picotazos de avispa. Ella ni siquiera me riñó. Solo apretó los puños hasta que se le pusieron los nudillos blancos, sonrió y dijo que habría que ponerlas en un jarrón. Creo que se sentía culpable. Cuando le dijeron a Cloe que era adoptada, tardó menos de una semana en atar cabos y contármelo. Teníamos once o doce años. ¿Cómo va a guardar un secreto así una niña de doce años? Mi madre (mi madre falsa, quiero decir) se empeñó en negarlo durante meses. De vez en cuando se me olvidaba y dejaba estar el tema unos días, pero siempre acababa volviendo a la carga. Al final, le dije que no importaba. Que si era adoptada no pasaba nada, que ella siempre sería mi madre. Entonces me lo confesó y yo dejé de hablar unos cuatro meses. Ya. Tampoco quería comer, y a menudo tenían que llevarme al hospital para que me alimentaran a la fuerza. Sí, en serio. Mi madre dice que por eso me he quedado tan flaca. Durante esa época seguí yendo a casa de Cloe; cada vez más, de hecho. Me portaba bastante mal, pero su madre me consentía cada uno de mis caprichos. Si no quería dormir en la cama y prefería hacerlo acurrucada junto al ciervo que tenían en el terreno, me lo permitía; si quería cenar mermelada de higos con chocolate o no quería cenar en absoluto, me lo permitía. Sí, tenían un ciervo. Muy viejo… Es una historia muy larga. A lo mejor tienes suerte un día y te la cuento. En fin, cuando mi madre venía a buscarme, yo me agarraba a las columnas del porche o le regalaba un abrazo asfixiante y superhipócrita a la madre de Cloe. Al principio se esforzó mucho por recuperarme (mi madre falsa, digo), y creo que lo hubiera conseguido sin problemas de haber aguantado un poco más. Entonces él se marchó. Mi padre falso, sí. La verdad es que casi no lo recuerdo. Hasta los cinco años debió de jugar bastante conmigo. Me llamaba Xilófono, Xena, Xuxa, Xola. Palabras que empezaban por X y que daban un poco de consistencia a mi nombre. Ya, tía, no sé por qué no me lo cambiaron. Imagino que creían que hacerlo sería como trampear el destino o alterar las energías o alguna estupidez similar. Pertenecen a esa clase de gente con estudios avanzados que cree que hay que cortarse el pelo en luna llena y que las semillas de lino curan el cáncer... Cloe también es un poco así. De cría siempre estaba inventándose rituales y decía que quería ser veterinaria o hechicera. Al final ha hecho Antropología. Sí, es superestudiosa. Es bastante perfecta, a su manera. Incluso le perdonan la excentricidad de ser vegana. Ahora vive con su novio, ¿sabes? Un tipo mayor. Escritor. O eso dice. A mí me cae como el culo. Le cabe un pan en la boca cada vez que se pone a hablar de política. ¿Yo? Yo hago collages, soy artista, ya sabes. —Guiño—. Bueno, algunos. Nah, no vivo de eso. Pues consigo más cosas, además del maquillaje. Yo qué sé, casi cualquier cosa pequeña... Dime cualquier móvil que quieras y en una semana te lo vendo rebajado. Claro que es en serio. ¿Te molan los vinilos? Nah, da igual. En fin, cuando él se fue, mi madre cambió. Ese día llegué a casa y vi los armarios abiertos, muy vacíos. Parecía que hubiera entrado un ladrón superordenado.

Luego vi que lo que faltaba era la ropa de hombre y entendí que había pasado algo entre ellos. La verdad es que había mucha tensión y él cada vez alargaba más las vueltas a casa. No bebía ni nada así, eran una gente muy sana. Más bien cogía la bici y se hacía rutas de un día entero, o se apuntaba a unas jornadas de micología que duraban todo el fin de semana, se iba a casas rurales a hacer el moñas… Ese rollo. Entonces apareció mi madre, con el pelo revuelto y cara de haber presenciado un accidente de tráfico. Se plantó bajo el dintel de la puerta, extendió un dedo acusador y me dijo: «Tú me has jodido la vida». Y ahí empezó su locura, o sus nervios, o su deterioro, depende de quién te lo cuente. No me dirigía la palabra excepto para gritarme, y de vez en cuando le daban auténticos ataques de ira. No sé, tía. Por ejemplo, estaba recogiendo el lavavajillas y de repente empezaba a lanzar tenedores contra la encimera de la cocina, que rebotaban en todas las direcciones y hacían un ruido insoportable, y lloraba y maldecía a mi padre. La verdad es que los tíos dan asco. La abandonó a la primera de cambio y a mí solo me manda un mensaje una vez al año, por mi cumpleaños, normalmente un día o dos después. «Felicidades, Xilófono». Sí, dinero sí que me da. Mi madre también. Sí, ahora está guay. Me pidió que volviera, pero pasando. Me apaño. Me gusta mi barrio. Jarana veinticuatro siete. Ahora está casada otra vez, con un tío bastante friqui que echa el tarot. Te lo juro, tía. A Cloe le encanta ir ahí a que nos lea la mano. Qué va, ¿se te va la olla? No da ni una. Sí… Mi abuela viva, la madre de mi padre, también me da pasta de vez en cuando. A ella voy a verla los miércoles, aunque cuando aparecí con la cabeza rapada me dijo que no volviera. Nah, no lo decía en serio. Es una señora mayor, ya sabes. Volví a los pocos días y le dije que era bollera. Ja, ja. No, también me gustan los chicos. Aunque cada vez menos. ¿Qué? Yo qué sé si hay lesbianas en mi familia biológica, tía. ¿Te crees que es hereditario? ¿Como los ojos azules, que se saltan una generación? Venga ya. Bueno, lo del dedo amputado… Espera, me llaman. Échale un ojo mientras al maquillaje. Todo auténtico y de primera mano. Nah, los magos no dicen sus trucos, tía.

XII

AM
señores, quien trae el tema? 19:14 ✓✓

CJ
k quereis? 19:15

DG
de todo pavo 19:15

XIII

Sonia y Pablo están tomándose dos Coca-Colas —Sonia, una Coca-Cola Zero— en el patio interior de un concurrido centro comercial de la Ciudad. Es un rato tonto, de esos que a Pablo le gusta aprovechar para proponerle a Sonia algún plan de fin de semana. En unos minutos empezarán su jornada como policías nacionales.

Pablo se palpa nerviosamente el bolsillo interior de la americana. Nunca encuentra el momento de sacar por fin el anillo de compromiso que lleva paseando por chaquetas y abrigos desde hace más de tres meses. Sonia siente su estómago como una enorme gruta vacía que se manifiesta a través de pequeños retortijones. Tal vez podría picar unas patatitas o un pincho de tortilla, pero en las últimas semanas ha engordado dos kilos y no quiere que el verano delate sus pequeños antojos: una tostadita aquí, un cucurucho de nata allá, una barrita de chocolate acullá... Suspira resignada, con la mirada perdida en el horizonte, y se ajusta el uniforme oficial del cuerpo de Policía con desidia, un gesto que Pablo interpreta erróneamente como aburrimiento.

¿Acaso Sonia ya no siente lo mismo? ¿Al final se ha dado cuenta de que su atracción por Pablo es más fruto de un cuidadoso trabajo emocional por parte de él que de una elección real y legítima por parte de ella? Tal vez haya llegado el momento de dar un paso adelante y de demostrar que es un hombre capaz de gestos intrépidos e inesperados, un amante con las ideas claras y una seguridad férrea a prueba de suspiros femeninos.

Pablo introduce la mano en su bolsillo y tantea el anillo de dieciocho quilates de oro mate adquirido en El Corte Inglés gracias a la ayuda inestimable de una dependienta llamada Claudia. Se incorpora. Hinca la rodilla derecha en el suelo y abre la pequeña caja de interior aterciopelado. Sonia alza la mirada, pestañea, boquea como pez fuera del agua y, un instante después, grita aterrorizada. Con un estrépito de sillas, cristales y huesos astillados, SiempreHada_15 —nombre real, Carolina Hernández; treinta y siete kilos de peso; a dos meses y siete días de cumplir dieciséis años— impacta sobre la mesa ocupada por Pablo y Sonia tras haberse arrojado al vacío desde la azotea del edificio.

XIV

Habrá quien no lo crea, pero componer coronas de flores es una tarea complicada. A Miguel le gustaba, como le gustaban casi todos los ejercicios manuales. Podía pasarse largas horas engarzando margaritas, dientes de león y malas hierbas hasta conformar las gruesas trenzas que servían de base a las coronas. A este esqueleto, para que no perdiera rigidez, se le añadían un par de alambres finos que había que disimular con más flores en el exterior.

Ciertas mujeres recurrían a las coronas como una forma de disimular el terco olor a incienso de la pequeña iglesia de Beratón, en la que ya raras veces se celebraba el culto. Otras, sin embargo, se entregaban a aquel engalanamiento floral con la intención de loar a san Roque, patrón del pueblo, a quien susurraban sus rezos mientras recopilaban ramitas con las que hacer su labor.

El virtuosismo alcanzado por Miguel era manifiestamente innecesario, pero él disfrutaba de lo lindo del proceso. Aquella tarde llevaba ya un par de horas enfrascado, tratando de lograr una variedad tonal que cubriera toda la gama de naranjas, cuando notó cómo el sueño se apoderaba de él en los escalones del altar. La pequeña lunita, como tantas otras veces, parpadeaba con parsimonia, haciendo su labor de sibila.

Esta vez, la cierva albina no pisaba la acostumbrada alfombra boscosa de ramas y hojas. Eso era una novedad y, como toda novedad —y en especial, las oníricas— traía aparejadas implicaciones aún por descubrir. La cierva avanzaba, lenta y angustiosamente, por el pasillo que unía las bancadas de la iglesia y el altar. Su vientre latía, efervescente y excitado, como la corteza de un volcán en erupción. Desde el coxis al cuello, como una flecha que recién abandonara el arco, un relámpago recorría su espina dorsal. Miguel observaba a la cierva y la cierva lo observaba a él. Una espiral de fuego bailaba en sus pupilas plateadas.

Antes de comenzar su danza habitual, dominado por un ánimo que Miguel nunca había advertido, el animal cae de costado y emite un último y lastimero grito que se apaga a bandazos, como la llama crepitante de una vela expuesta a una corriente de aire.

Miguel se aproxima despacio a la cierva —a su cadáver, augura—. Con cuidado, asoma la cabeza por encima del lomo del animal. Y ve el milagro. Dos crías recién nacidas, con los ojos cerrados, pelonas aún, se afanan en encontrar los pezones de su madre, que las lame frenéticamente. Miguel se agacha, fascinado. Son dos amasijos de carne y huesos recién venidos al mundo, pero ya luchan por ponerse en pie. La cierva se concentra con dedicado esfuerzo en quitarles los restos de placenta de la piel casi transparente. Miguel los acaricia. Son suaves y están calientes; dentro de ellos bullen vidas nuevas. Miguel piensa que ha topado con un buen trozo de placenta entre las crías hasta que mira sus manos: están rojas. Por algún motivo, uno de los recién nacidos sangra. Miguel mira a la cierva y sus pupilas se dilatan. Ante sus ojos, la recién estrenada madre devora a las crías con fruición, el hocico cubierto de la sangre y las vísceras de sus propios hijos.

Cuando Miguel volvió en sí, el pueblo había cambiado. Las mujeres caminaban angustiadas, llevando baldes con agua caliente y paños a la casa de la más anciana: era allí donde acostumbraban a tratar a los enfermos.

La madre de Miguel murió al cabo de unas horas, derrotada por una fiebre fulminante. El ataque había sobrevenido mientras su hijo confeccionaba coronas de flores para el altar. La muerte nunca le había supuesto mayores complicaciones a las mujeres de Beratón, más allá de las relacionadas con el enterramiento: había que trasladar el cadáver en carretilla hasta el cementerio, separado un par de kilómetros del pueblo.

Sin embargo, la muerte de la madre de Miguel implicaba la pérdida de otro de los habitantes del asentamiento. Pese a que había sido criado entre todas, ninguna de las mujeres era familiar del niño.

Los servicios sociales tardaron escasos días en localizar al padre de Miguel, que ni siquiera sabía de su existencia. El hombre en cuestión regentaba un bar cerca de la Ciudad y acogería sin problemas al chaval, a quien estaba deseando «formar en el negocio y en el arte de la vida», según se encargó de aclarar a los asistentes sociales encargados del caso.

Así es que Miguel dejó Beratón una mañana de invierno azotada por el cierzo, seis días después de la muerte de su madre. Las mujeres se despidieron de él entre sollozos. Sabían que su marcha no era temporal; no volverían a verlo y, si lo hacían, Miguel ya no sería el fruto del proyecto de persona que ahora abandonaba el pueblo. La Ciudad lo corrompería. Los hombres que la habitaban se encargarían de eso.

XV

Valeria y Miranda comenzaron a sufrir los síntomas del embarazo con una diferencia de solo tres días.

Llevaban más de un año conviviendo en el sótano de la finca de sierra de Gredos que el Montañero había habilitado para ellas, y el recuerdo de su pasado en Beratón les resultaba cada vez más fragmentado y ajeno.

Su nuevo hogar era relativamente luminoso, gracias al patio inglés que el Montañero había excavado y pavimentado frente a la pared norte del sótano, interrumpida por tres amplias cristaleras. Podían salir durante el día y rondar en bicicleta por el terreno de la finca, siempre que por la noche estuvieran de vuelta en el sótano, que inmediatamente se cerraba con un pestillo exterior.

Nunca habían intentado forzar aquella puerta, exceptuando la ocasión en que un pequeño cervatillo cayó de madrugada al patio y se fracturó una de las patas traseras. El animal gimió durante horas antes de ser atendido por el Montañero, que le entablilló el miembro roto y lo confió al cuidado de Valeria y Miranda.

Almirante Boom —bautizado así en honor a una de las cintas de vídeo que el Montañero les había proporcionado— dormía en las inmediaciones de la casa y era alimentado y cepillado diariamente con gran esmero por Valeria y Miranda. El Montañero violaba a las niñas todos los días sobre un colchón de muelles situado en una pequeña habitación anexa al sótano. La primera vez, aquella Noche de San Juan de 1988, Valeria había gritado el nombre de su madre y luego el de cada una de las mujeres de Beratón esperando ser socorrida, y Miranda lo había mordido en la mejilla hasta sentir en la garganta el sabor a óxido de la sangre. El Montañero las había golpeado con una porra envuelta en una toalla mojada, y desde entonces procuraban no oponer resistencia. A menudo una de las dos lloraba y la otra le agarraba la mano con fuerza hasta que el Montañero abandonaba la habitación, con las sienes perladas de sudor y la respiración aún acelerada.

El resto del tiempo jugaban a perseguirse por el enorme terreno de la finca acompañadas por Almirante Boom, veían una y otra vez *Mary Poppins* y *El mago de Oz*, hojeaban las revistas que el Montañero les regalaba —su predilecta, *Cronos,* era leída en voz alta por ambas hermanas, que recortaban sus artículos preferidos y los pegaban en la puerta del armario o la cabecera de la cama—, merendaban galletas Napolitanas mojadas en Cola Cao y hacían estrafalarios peinados a las muñecas con las que el Montañero las había obsequiado tras prometer que nunca más les pegaría con la porra, aunque siempre llegaba con ella colgando del cinturón.

XVI

Miguel desciende del tren buscando con la mirada a un padre al que no conoce. Lleva una pequeña maleta roja con todo lo que posee y que constituye su seña de identidad, el atributo por el que su padre debe reconocerlo. Se coloca bien la falda —en Beratón toda la ropa es de mujer, los pocos pantalones que ha visto en su vida eran a sus ojos algo así como un pintoresco mono de trabajo— y saca cuidadosamente su labor de la maleta. Mientras hace calceta para relajar los nervios imagina cómo será su padre. Solo puede ponerle el rostro de Bernardo, el conductor de la furgoneta de víveres. Supone que tendrá la voz parecida, grave y templada, y que reirá también agarrándose la boca del estómago y echando la cabeza hacia atrás.

—Pero qué coño.

Miguel levanta la mirada de su labor y mira al hombre que lo increpa, sin comprender.

—¿Qué eres? ¿Un niño maricón?

Silencio.

—Esto se te acabó. Así te lo digo.

El desconocido arroja al suelo de un manotazo la labor de Miguel y lo observa de arriba abajo. Parece un gigante en calma, apuesto e imponente, pero tiene los ojos surcados de venitas enrojecidas.

—Ahora voy a tener que hacer de ti un hombre.

Siguiendo las amplias zancadas de su padre, Miguel abandona la estación.

XVII

—¿Cuál ha sido tu favorito?

—Aún no lo he decidido.

—Yo ya tengo el mío.

—Tú lees más rápido.

Valeria mira a su hermana. Es extraño que le reconozca una superioridad de forma tan natural. Lo habitual es que, si una advierte las dotes de la otra para tal o cual cosa, se dedique a comentar lo vulgar o lo estúpido de dicha tarea. Si Valeria, por ejemplo, comprueba que Miranda engarza ágilmente los rabitos de hojas secas, obteniendo muy pronto largos collares, la mira con ojos indulgentes y comenta: «Qué cosa más infantil, las guirnaldas de hojas. Hace siglos que no me da por hacerlas».

También puede ser, y aquí entramos en un terreno un poquito más oscuro, que las hermanas disfracen sus pullas de adulación condescendiente: «Qué suerte que tejas tan bien y te entretenga tanto. A mí las cosas tan mecánicas me aburren enseguida. Soy más de retos, no sé si me entiendes».

—Pero yo cocino mejor —añade Miranda. (Ahí lo tenéis).

—Vale, puedes leerme el tuyo mientras busco otro.

Miranda carraspea y se aclara la garganta.

De entre todos sus pasatiempos, la lectura de *Cronos* es el favorito de ambas —después de, por supuesto, cualquier cosa que tenga que ver con Almirante Boom—.

Tras devorar la revista —que les proporciona el Montañero siempre que puede, incluyendo números atrasados—, cada una elige un artículo —a veces dos, si ese ejemplar en concreto tiene mucha miga— y lo lee en voz alta, introduciendo algún detalle falso que la otra debe identificar. Hay que tener en cuenta que se trata de una publicación de contenido bastante quimérico, por lo que el juego reviste doble dificultad: no se trata solo de descubrir lo inverosímil; sino de desenmascarar la incoherencia dentro de la inverosimilitud general.

—De acuerdo. Empiezo. Lo que te voy a leer va sobre todo de una señora llamada Josefa Tolrá.

— Que nombre más feo.

— Cállate.

—«La historia de Josefa Tolrá es, probablemente, una de las más curiosas de nuestra España oculta. Mujer de pasado intachable, nacida en la pequeña localidad catalana de Cabrils, madre de familia y ferviente católica, Josefa sufrió la tragedia de perder a sus dos hijos varones, uno antes del glorioso levantamiento y otro en el fragor de la batalla».

—¿Qué es el «glorioso levantamiento»?

—Es… despertarse con los pájaros. Es un refrán.

—Te lo estás inventando.

—Vale. Entonces, ¿qué es?

Valeria resopla, resignada.

—«La muerte de los muchachos, aunque frecuente en la época, la deja trastocada. Se convierte en una mujer nerviosa, que no puede conciliar el sueño ni atender su hogar en condiciones. Ante el trauma de la pérdida, su psique reacciona de una forma bastante inusual: agotada por el insomnio, comienza a escuchar voces, de origen desconocido, que se dirigen a ella en castellano y en catalán.

»Aconsejada por un doctor en psiquiatría, Josefa decide comenzar a documentar todo aquello que las misteriosas voces comparten con ella. Pronto llena libretas enteras con dibujos ambientados en tierras lejanas que nunca ha visitado, escenas bíblicas y retratos de extraños personajes con un trazo sumamente abigarrado y plagado de detallismo.

»La valía estética de sus obras atrae enseguida la atención de artistas residentes en la zona, donde Tolrá es conocida como médium y tenida por una persona clarividente. Sus vecinos, tal vez llevados por una actitud piadosa hacia una buena mujer que ha perdido a sus hijos, o tal vez confiando plenamente en sus capacidades, recurren a ella como sanadora.

»En la década de los cincuenta, el poeta Joan Brossa y el artista Antoni Tàpies empiezan a visitar a la vidente. Josefa les habla de los seres de luz que la guían en sus obras, llevándola a dibujar lugares que desconoce —como el Líbano— y a escribir en lenguajes que no domina. Los artistas quedan fascinados por su pintura, que casa plenamente con el interés de la vanguardia por el Art Brut (producción realizada por enfermos mentales y personas de capacidades y percepciones especiales), y Josefa les regala algunas de sus piezas más preciadas. Lo cierto es que esos espíritus que guiaban el pincel de Josefa no son una novedad en el arte. A los fantasmas, las energías o las fuerzas de las dimensiones desconocidas —depende de quién las describa—, les gusta tomar parte en el proceso de creación artística. Otro ejemplo es el de la artista y médium Madge Gill, que nos vamos a permitir comentar pese a que se sitúa más allá de nuestras fronteras.

»También de origen muy humilde, Gill nació en Londres, en 1882, fruto de una relación extramatrimonial. Tras permanecer oculta durante nueve años, fue confiada a un orfanato y acabó en Canadá como mano de obra infantil. Durante su adolescencia trabajó como empleada doméstica, resignada a una durísima vida, hasta que consiguió volver a Londres. En la ciudad pudo encontrar un trabajo como enfermera y se alojó con su tía, una mujer conocedora del mundo espiritual. Ella introdujo a Gill en el espiritismo y las prácticas de médium, que la futura artista comenzó a cultivar desde entonces.

»Tras casarse y tener tres hijos, el parto de una niña que nació ya sin vida llevó a Gill a las puertas de la muerte. Una vez recuperada físicamente, Gill fue poseída por primera vez por un espíritu al que denominó Myrninerest (que puede traducirse fonéticamente como "my inner rest", mi paz interior). El espíritu invadió a Gill en numerosas ocasiones y la llevó a realizar obsesivos y muy elaborados dibujos de tinta china que llegaban a ocupar rollos de tela de treinta metros. Su obra es compulsiva y enigmática, de trazos hipnóticos, y ofrece un significado misterioso aún no resuelto. La mujer que aparece constantemente en ella podría ser un alter ego de la propia autora, o tal vez de su hija perdida. Gill siempre se negó a vender sus creaciones alegando que pertenecían a Myrninerest, espíritu al que consideraba el verdadero autor de las mismas, siendo ella un simple vehículo a través del cual se expresaba aquel. En Upton Park, donde residió con sus dos hijos varones y su cuñado (Bert Gill, que la introdujo en el mundo de la astronomía), Gill se ganó fama como médium, redactando horóscopos y ofreciendo profecías»[2]. Su mayor éxito le llegaría tras profetizarle a una duquesa

2 *CRONOS. Sucesos Extravagantes, Apariciones y Sucesos Paranormales en España*, n.º 21, julio de 1974.

el temprano casamiento con un apuesto señor de culo superpeludo y suave.

—¡Ja! ¡Esa es la mentira!

Valeria tira la revista sobre la cama.

—No vale. Solo lo he dicho para ver si me estabas escuchando.

—¡No haberlo hecho! Yo ya tengo el mío. Es de ovnis.

—Como siempre. Menudo rollo.

Valeria se mete bajo las sábanas y adopta una postura fetal, agarrándose las rodillas con los brazos y apretándolas contra el pecho. Es su postura favorita cuando está enfadada. Miranda levanta la tela con estampados de conejitos sonrientes y pega los labios a la oreja de su hermana.

—PI-CO-TA. Picotapicotapicotapicotapicota.

Un ruido las sobresalta.

—Ya baja.

Las manos de las hermanas se entrelazan rápidamente, formando un apretado telar de dedos infantiles.

XVIII

Hey. Hola. Siento interrumpir de nuevo el curso de la ficción tuteándoos, pero necesito otro favorcito por vuestra parte. Entiendo que es muy poco profesional interpelar al lector de forma tan directa. Pero supongo que no habréis sido tan ilusas como para pensar que todas estas historietas se estaban desarrollando por generación espontánea, o gracias a vuestra buena disposición. Hay un cerebro detrás de todo esto, ¿entendéis?, una narradora omnisciente a la que tendréis que obedecer cuando la situación lo requiera. No es que pretenda convertir este paseo por los hechos en una experiencia dictatorial pero, en el caso de Cloe, necesito crear en vuestro imaginario visual una estampa muy clara y muy concreta de este *momento* de su vida. Por eso antes insistíamos tanto en la estética de la fotógrafa finlandesa, Maria Lax.

NADA DE ESTO ES ARBITRARIO.

Prestad atención:

Cloe es una mujer de veintiocho años, vegetariana desde los diecisiete y vegana desde los diecinueve. Este precoz rechazo a todo producto relacionado con la explotación animal ha tenido una serie de consecuencias para ella que, contra todos vuestros pronósticos, no son ni la anemia ni la falta de proteínas.

Hay que aclarar que Cloe ni siquiera recuerda el sabor de la carne y que no siente el menor interés por recordarlo: el olor a barbacoa en el jardín de sus padres adoptivos le produce arcadas; como si fuera un seguidor de la Tora y la kashrut, es incapaz de comer si desconoce la trayectoria de los utensilios empleados para cocinar su menú; protagoniza continuos speeches en contra de la industria de la comida rápida mientras sus amigas mastican hot dogs con gesto de hastío; milita en un partido local cuyo único objetivo político claro es la liberación animal; ha boicoteado dos granjas de engorde, liberado a siete perros beagle de la facultad de Veterinaria, tirado pintura roja sobre dieciocho abrigos de visón portados por «señoras de derechas» que automáticamente adquirieron otro; no compra en grandes superficies de ultramarinos; cultiva sus propias hortalizas en un pequeño huerto urbano cuyo alquiler le cuesta treinta y cinco euros al mes y ha sido dueña («compañera», puntualiza ella) de cuatro gatos, tres perros y una gallina ponedora con tumores en el útero que rescató de un lugar llamado La Puebla de Alfindén, al que acudió para sumergirse en las virtudes de un retiro espiritual.

Bien. Ahora os voy a describir una escena muy concreta de la vida de Cloe, y quiero que os imaginéis esta escena *como si se tratara de una fotografía de Maria Lax*:

Extrarradio. Un paisaje casi desierto del que se han extirpado bares y locales comerciales. Colores contrastados, las farolas como gigantescas luciérnagas recortándose en el cielo azul bilbao. Solo un neón resplandece en las alturas, como un símbolo religioso o un rompimiento de gloria o una aparición sobrenatural: se trata de una descomunal letra eme de color amarillo, bordeada en rojo, alzándose sobre un mástil de veintitrés metros.

En ordenada y expectante fila frente a la ventanilla de atención al cliente de este McDonald's concreto, una mujer con americana rosa y pantalones de chándal de táctel llama al orden a dos niños de pelo revuelto que discuten por la posesión de un camión de juguete aún dentro de su caja; una pareja heterosexual de unos veinte años se toma fotografías con la ayuda de un palo selfi, y un hombre en la treintena con camiseta de Megadeth cuenta las monedas que consigue extraer de su billetera de cuero, asegurada a su cinturón mediante una cadena de eslabones conformados por pequeñas bolas de billar negras con el número ocho. Todos ellos exhiben cutis relucientes, y no digo esto como un halago: brillan a causa del acné seborreico; tienen los poros abiertos, el pelo graso, las barbillas manchadas de aceite de palma y el pulso acelerado por la proximidad del glutamato monosódico, un aditivo químico que mejora el sabor de los alimentos procesados y cuyos efectos secundarios incluyen migrañas, espasmos musculares, náuseas, anafilaxis, ataques epilépticos, depresión, irregularidades cardíacas, daños en el sistema nervioso, sobreestimulación de las neuronas y, eventualmente, la muerte de estas.

A unos pocos metros de la exquisita formación vemos a Cloe. Está sentada en el bordillo de la acera, sobre el que reposan las seis Big Mac que acaba de adquirir en el famoso local de restauración.

Cloe desenvuelve una de las hamburguesas y se la lleva a la boca. Desgarra con los premolares el pan, la carne, los pepinillos, la cebolla cruda —la salsa resbalando por su mentón y manchando el cuello de su camiseta fair trade de algodón 100 % orgánico—, se aprieta el tórax con las manos al notar la primera arcada, vomita el pedazo de hamburguesa consumido sobre la carretera.

Toma el pedazo restante, lo ingiere, trata de contenerlo en su estómago mientras sus ojos se llenan de lágrimas, vomita otra vez.

Toma una nueva hamburguesa, mastica la carne conteniendo los espasmos y el rechazo moral y físico que le provoca todo el proceso, y por fin consigue tragar la hamburguesa sin que esta salga inevitablemente despedida por su garganta antes de pueda aceptarla su tracto gastrointestinal.

Entre sollozos, Cloe consume las cuatro hamburguesas restantes mientras es observada con fascinación y algo de miedo por las personas que hacen fila en la ventanilla del McDonald's, tras lo cual recoge su bolso del suelo sin mirarlos y se aleja.

XIX

—«FANTÁSTICAS APARICIONES OVNI EN ROBLEDO DE CHAVELA».

—Buah. Siempre eliges de ovnis.

—Porque es lo más interesante. Ojalá pudiera conformarme con cosas de brujas y casas encantadas como tú. Pero se me hacen demasiado pueriles.

Recién adoptada del Montañero, «pueril» es la palabra que emplean ahora para referirse al comportamiento de la otra. Una reacción pueril, una pataleta pueril, una opinión pueril.

—Venga, empieza. Que lees muy despacio y se hace muy largo.

Haciendo caso omiso a su hermana, Valeria ojea un minuto más la página, como a la caza de un código que se le pudiera haber escapado en la primera lectura.

—¡Venga!

—Ya voy. La prisa es algo de lo más pueril ¿sabes?

—Este juego sí que es pueril. Quiero ir a jugar con Almirante Boom.

—No te piques. Empiezo.

Valeria se levanta y se acerca a la boca el puño derecho, cerrado sobre sí mismo, como si fuera un micrófono.

—«*Sin las vitales comunicaciones mantenidas entre el Apolo 11 y la estación madrileña de Robledo de Chavela, nuestro aterrizaje en la Luna no habría sido posible.* Son las palabras que Neil Armstrong, recién convertido en celebridad mundial gracias al éxito de la misión lunar Apolo, dedicó al bello municipio español de Robledo de Chavela en 1969.

»Ubicado en la Sierra Oeste de la Comunidad de Madrid y rodeado de un magnífico paraje que le valió el sobrenombre de «la suiza española», Robledo de Chavela fue el hogar de una de las tres estaciones que la Agencia Aeroespacial de los Estados Unidos puso en marcha en nuestro país en la década de los sesenta. El objetivo de la estación era el seguimiento de las sondas y las misiones tripuladas enviadas al espacio por la NASA, y contaba con el apoyo de una segunda estación en Cebreros (Ávila) y una tercera en Fresnedillas (Madrid), constituyendo el llamado "Complejo de Comunicaciones del Espacio Profundo de Madrid".

»Debe el lector tener en cuenta que la presencia de estas estaciones convierte a nuestra península en un lugar privilegiado y digno de honra: en todo el mundo, solo Canberra (Australia) y Barstow (California) tienen el honor de formar parte de la llamada Deep Space Network de la NASA, la red internacional de antenas para el apoyo a misiones interplanetarias destinadas a la exploración del Sistema Solar y el Universo.

»Robledo de Chavela es además un municipio poseedor del título de Ruta Imperial, por constituir uno de los enclaves por los que pasaba el rey Felipe II en sus desplazamientos desde Madrid al monasterio de San Lorenzo del Escorial.

»Y fue aquí, en esta España de glorioso pasado imperial, hoy íntimamente entrelazada con los designios del espacio y sus misterios, donde se recibieron las primeras imágenes de la superficie de Marte en 1964, cuando el llamado planeta rojo fue sobrevolado por la nave

Mariner 4, cuyo seguimiento realizaba la estación de Robledo de Chavela.

»Concluido el escueto resumen de la historia de este pequeño pueblo de la sierra madrileña, llegamos hasta la noticia que abre el presente número de nuestra revista: un nuevo avistamiento de actividad aérea no identificada, en este caso en el propio municipio de Robledo de Chavela.

»Tras los avistamientos ovni que en 1976 hicieron palidecer a gomeros, palmeros y tinerfeños, y que los escépticos decidieron atribuir a misiles Poseidón lanzados por un submarino estadounidense, regresan las estelares apariciones extraterrestres a nuestra nación, aunque es más que probable (y así lo demuestran testimonios protegidos) que estas nunca hayan cesado, dándose numerosos casos que simplemente no han llegado a trascender a los medios escritos.

»Según nos cuentan más de una decena de testigos que habitan el pequeño pueblo de Robledo, el día 13 de febrero del presente año se vieron aparecer en el horizonte cuatro chispeantes luces de tonalidad azulada que, ante los incrédulos ojos de todas estas personas cristianas y temerosas de Dios, avanzaron rápidamente hasta el campanario de la iglesia y orbitaron siete veces sobre él, antes de desaparecer definitivamente en dirección a la estación de seguimiento de satélites sita en las proximidades. Escasos días después, un halo de luz también azul cruzó la localidad siguiendo el mismo trazado, un registro que fue avistado desde la capital y referido en distintos medios de comunicación.

»Esta revista ha tenido conocimiento, en exclusiva y para sus fieles lectores, de un acontecimiento fantástico que dio por cerrada (al menos, de momento) la serie de asombrosos avistamientos. Nos cuenta un pastor de la zona, al que por respeto a su intimidad llamaremos P. J., que a las pocas horas del primer avistamiento una singular nave, que en nada se asemejaba a las diseñadas por el ser humano, de superficie lisa, forma ahuevada y, nuevamente, de color azul, aterrizó en el centro de una extensa pradera en la linde que separa Robledo y Valdequemada.

»Ante la mirada de P. J., igualmente católico convencido y habitual de la iglesia de Robledo, el extraño objeto se abrió y de él emergieron dos criaturas vagamente antropomorfas, inmensas en altura, que se dedicaron a inspeccionar los alrededores sin ser conscientes (si es que podemos hacer alusión a una "consciencia" en relación a dichos visitantes) de que estaban siendo observados. Según este mismo testigo, la aparición de estos seres ha coincidido en el tiempo con la desaparición repentina de dos vecinos de la zona, ambos dedicados al pastoreo, de los que aún no se han tenido noticias.

»Qué buscan estos misteriosos visitantes, no podemos saberlo. Hay quienes ven en ellos a viajeros espaciales que, motivados por la sed de conocimiento, llegan a nuestro planeta en son de paz, mientras otros los relacionan con terribles pronósticos de enfrentamientos interestelares.

»De lo que no hay duda es de que su presencia confirma la existencia de formas de vida más allá de nuestro universo conocido, y la posibilidad de una futura comunicación entre humanos y otros habitantes de la galaxia. Desde *Cronos* nos mantenemos atentos a cualquier avance en este sentido, siempre a la vanguardia de la información más clasificada para que nuestros lectores sean privilegiados conocedores de los ritmos que marca nuestro universo»[3].

—¿Ya está?

—Ay.

—¿Cuál era la mentira? ¿Lo de la desaparición?

—No. No me he acordado de meter la mentira.

—Qué idiota.

—Es que estaba muy interesante.

—Bueno. —Miranda ejecuta un elaborado bostezo, a todas luces fingido—. A mí no me parece para tanto.

—Oye.

—Qué.

—¿Crees que a mí me elegirían?

—¿Quiénes?

—Los extraterrestres.

—¿Elegirte? ¿Para qué?

3 *CRONOS. Sucesos Extravagantes, Apariciones y Sucesos Paranormales en España*, n.º 105, marzo de 1981.

—No sé. Para llevarme con ellos.

—Ah. Pues si eligen por fea, sí.

Valeria lanza a la cabeza de su hermana la carcasa vacía de una cinta de vídeo que falla su diana y rebota contra la pared.

—Pues no seré tan fea si él me prefirió a mí.

Miranda se gira y mira a su hermana, que se esfuerza en sostener un mohín de superioridad.

—No sé de qué hablas.

—Sí que lo sabes. Me lo hizo primero a mí.

—Eso da igual. Además, no me acuerdo.

—¡Ja! No da igual para nada. Y seguro que te acuerdas. Dilo.

—No.

—Va. ¿Me lo hizo primero a mí, sí o no?

Miranda agacha la cabeza, enfurecida. Un calor hormigueante conquista rápidamente sus mejillas. Sentada en la cama, su hermana pasa con aire triunfal las páginas de la revista, sin detenerse a leer.

—¿Sabes qué? —Miranda se levanta con dignidad y se sacude la falda.

—¿Qué?

—Que lo mejor se deja para los postres. Es un refrán. Y lo que dicen los refranes es la verdad. Toma moreno.

XX

Al sur de la Ciudad, separado por solo unos kilómetros, se alza un grupúsculo de edificios enmarcado por una sucesión de colinas casi desnudas de vegetación. Lo cierto, pese a lo que afirman las gentes de por allí, es que ni siquiera puede considerarse un pueblo. Se trata más bien de un polígono industrial con una exigua zona residencial anexa, un tumor habitacional que no por ser benigno deja de constituir un cuerpo extraño y extirpable.

La mayoría de los trabajadores del polígono reside allí mismo, en sus diminutas parcelas —mucho más diminutas de lo pactado—, azotadas los días de viento por el olor a podrido de la papelera cercana. Para llegar al polígono cada mañana, quienes tienen la suerte de vivir en la Ciudad atraviesan una larga y recta carretera de arcenes plagados de pequeños animales silvestres recién atropellados. La naturaleza es huraña y el verdor escasea, sustituido por el color plateado del gran anillo de desechos metálicos que precede al polígono. Una frontera herrumbrosa y brillante a base de piezas retorcidas de automóvil. En verano, el sol se refleja en la gran masa metálica cegando a los conductores y causando algún que otro alcance, con su consecuente pelea, que a menudo llega a las manos.

Sobre las colinas que cierran el horizonte, levemente regadas por matojos color esmeralda y alguna que otra víbora, se suceden: un castillo de solo dos paredes, mal soportado sobre un murete de nueva obra de un desafortunado color rojo; un toro de Osborne al que algún tornado arrancó la cabeza, y un descomunal casino abandonado, oculto tras una loma, al que rapaces visitantes han desvalijado de todo el cobre. En solo medio kilómetro, bajo el sol letal del verano, estas tres reliquias proyectan su sombra sobre la calzada de alquitrán sudoroso como una metáfora edilicia de nuestra España: nobleza decrépita, canibalismo nacionalista y escondidos monumentos al vicio, un día alabados y otro expoliados y comidos por los gusanos.

Del complejo que conformaba el casino solo sobrevive un pequeño bar —frecuentado por los habitantes del área y ciertos conductores de paso— que todavía regenta quien fuera su dueño durante el apogeo del casino: un hombre maduro y apuesto de pelo cano, con una arruga como una honda puñalada en el entrecejo y al que le falta un pequeño trozo de la oreja izquierda. Su vivienda se levanta junto al propio bar, aprovechando la sombra del descabezado toro de Osborne. Es una casa prefabricada, hecha de listones de madera conglomerada. El granizo, inclemente en septiembre, ha convertido el tejado a dos aguas en una mejilla maltratada por el acné. En el lateral de la casa se levantan dos juncos altos, ligeramente curvos en su parte superior, que sujetan una tela de color desvaído, conformando un inestable toldo; bajo el toldo, una mesa de jardín —reclamo de una marca de cerveza ya desaparecida— y dos sillas de terciopelo rojo, bastante deterioradas y descoloridas por el sol, procedentes del antiguo casino. Una de ellas está vacía, pero Miguel prefiere el suelo de gravilla, que le raspa el culo y los tobillos y por el que, de vez en cuando, asoma una hilera de hormigas rojas de afán carnívoro. Desde abajo, su padre parece un actor de cine: la mandíbula cincelada en tres precisas líneas, las pobladas cejas enmarcando unos ojillos afilados que recuerdan al mejor Lee Van Cleef.

—Si fueran de nuestro tamaño, esas putas nos matarían —sentencia el padre desde la silla menos coja, mientras observa una irregular fila de hormigas.

Miguel asiente. Su padre tiene razón en todo lo que dice, y dice cosas constantemente. Pese al calor, el padre suele pasar las mañanas bajo ese improvisado toldo, sintiendo las gotas de sudor deslizarse entre el hueco de sus omoplatos y el respaldo resbaladizo de la silla. De los dos asientos disponibles, uno está destinado a él y el otro, a sus pies. La mesa de jardín sirve de apoyo a los vasos pringosos de vermú, sol y sombra y whisky barato del que le regala el tipo de la distribuidora. Las colillas lo invaden todo y, pese a la brisa casi constante, consiguen saturar el ambiente de olor a cenicero.

—Hoy es un día importante, chaval.

El padre escudriña el horizonte, más allá del polígono y del círculo de chatarra y de la carretera y de la Ciudad, y fija la vista en el espeso bosque que separa esta del resto del mundo. Cuando allí es otoño y las temperaturas descienden hasta los cuatro grados, en la colina del padre de Miguel —se halla a unos minutos andando de las pocas casas anexas al polígono, pero ser su único habitante le otorga el derecho a llamarla «su colina»— sigue siendo verano. O al menos hace siempre calor: la actividad industrial del polígono provoca una más que considerable subida de la temperatura; un calor residual que escapa hacia la atmósfera en forma de contaminación y que da pie a extraordinarios atardeceres naranjas y violetas, resultado del paso de la luz solar por las moléculas de aire.

Antes incluso del comienzo del estío, a mediados de mayo, el calor natural y el industrial comienzan a generar una alianza abrasadora. Miguel y su padre llenan el patio de ventiladores, pinchados a una misma toma de corriente, y agradecen la única gran sombra accesible de la colina, la del gigantesco toro de Osborne decapitado, que proyecta su silueta negra desde el mediodía hasta las cuatro de la tarde.

El padre de Miguel observa ahora la imponente figura del toro y da una larga calada a un cigarrillo, que luego apaga sobre la superficie plástica de la mesa, plagada de pequeños cráteres con restos de ceniza.

—No me decepciones, chaval.

Miguel asiente de nuevo, tratando de aspirar la trascendencia del momento y guardarla en sus pulmones. Desde que le salieron cuatro tímidos pelos entre la parte superior del labio y las fosas nasales, su padre ha estado instruyéndolo en el cuidado y el manejo de la escopeta. Es ya perfectamente capaz de limpiarla, desmontando el cañón e introduciendo en él una fina varilla envuelta en filamentos convenientemente engrasados. Es una operación que le gusta, manual y repetitiva, como tejer o como hacer eternas guirnaldas de hojas secas, pasatiempos que ya no le interesan tanto. La semana pasada, por primera vez, acertó de pleno en todas las latas de la hilera que su padre había dispuesto para él al final del terreno. Lo celebraron bebiendo el primer vaso de alcohol destilado de Miguel, un whisky que sabía a perfume caducado y a victoria y que lo sumergió en un sueño inquieto a las pocas horas del brindis.

Tras aquella pequeña muestra de latente madurez, había llegado la hora de la verdad: la caza de la presa viva. El padre de Miguel era conocido en la zona por sus dotes de cazador y sus puntuales incursiones en terreno vedado. El interior de la casa era una galería de sus hazañas, hoy dotadas de ojos irisados en forma de canica.

Una enorme cabeza de ciervo, con la cornamenta extendiéndose en bellos arabescos hacia las esquinas del salón, era su pieza más querida.

—No me decepciones, te digo.

XXI

Oh,

Gran Diosa de la tierra roja y el monte de Venus moteado,
tus hijas,
hermanas todas
aquí reunidas,
te ofrecen este jugo sacro
arañado a las paredes del secreto femenino.

Oh,

Gran Diosa de la tierra roja y el monte de Venus moteado,
acepta nuestro fruto menstrual
y unge con su flujo nuestras almas.

Oh,

Gran Diosa de la tierra roja y el monte de Venus moteado,
haz que tus hermanas
aquí presentes
encontremos nuestra fuerza primigenia
y haznos renacer
plenas de poder uterino.

XXII

AM
joder k ganas d que llegue el día 09:34 ✓✓

CJ
tamos todos igual 09:36

AB
yo ya tengo los reinoles[4] 09:37

DG
va a ser legendario 10:02

XXIII

Cuando comenzaron a cortar con la cizalla la verja de la finca, el humo todavía no era la nube espesa y negruzca que alertaría a los guardas forestales horas más tarde.

4 El flunitrazepam o Rohypnol, llamado también «reinol» en la calle, es un fármaco de la familia de las benzodiazepinas. Ilegal en EE. UU., en Europa se vende en farmacias bajo prescripción médica. Pertenece a la categoría de los psicotrópicos y lo fabrica Hoffman-LaRoche. Su uso provoca sedación, relajación muscular y amnesia.

Las manos les olían a pólvora, y los bebés se agitaban de forma nerviosa en sus vientres, como una maraña de pies y manos cosida a un núcleo espasmódico e irracional.

Valeria y Miranda no van a volver a Beratón. No recuerdan el camino de vuelta y ni siquiera sabrían cómo empezar a explicar estos bultos que el Montañero ha instalado en ellas. La prioridad es encontrar un lugar amable donde puedan cobijarse con Almirante Boom hasta la llegada de los bebés, que, según sus cuentas, está muy próxima.

La escopeta que llevan consigo, es obvio, no les pertenece. El Montañero se la mostró durante una merienda en la cocina, tras sacarla del fondo de un armario oculto en la despensa: «Esto no es para disparar a los animales. Ellos son nobles, merecen nuestro respeto. Es para defendernos de los hombres. Ellos sí que pueden convertirse en el enemigo».

Más allá de las navajas multiusos que las habitantes de Beratón solían llevar en los bolsillos interiores de sus botas —junto a pequeños frascos de hierbas y ungüentos de aromas ácidos—, Valeria y Miranda nunca han visto un arma. No tienen muy claro cómo funciona la escopeta, pero tampoco creen que vaya a resultar imprescindible. Además de la escopeta, les ha dado tiempo a sacar de la casa cuatro paquetes de galletas Napolitanas y una bolsa de pienso de tres kilos para Almirante Boom, que observa sus movimientos con ojos opacos, serenos y brillantes.

Les llevó un buen rato hacer un agujero lo suficientemente grande como para asegurar su salida sin cortes ni arañazos. Valeria pensó que el Montañero, que tanto les había hablado de su experiencia con el tétanos —y de cómo se había infectado un día mediante el roce con un clavo viejo—, habría estado orgulloso de ellas.

Una vez fuera de la finca, paradas entre la maleza, las hermanas decidieron que las guiara el propio Almirante Boom. Imitarían el cuento de Navidad que les había regalado el Montañero, donde era Rudolf, el reno de Papá Noel, con su nariz roja y reluciente, quien conseguía que el trineo «se orientase satisfactoriamente entre los infinitos y helados tejados de las casas de todos los niños buenos del mundo». Pero por húmeda y aterciopelada que tuviera la parte frontal del morro, Almirante Boom carecía del distintivo que caracterizaba a Rudolf.

Extendiendo la mano con cuidado, Miranda toca la cara de su hermana, por la que aún se deslizan calientes ríos de la sangre del Montañero, y unta la nariz de Almirante Boom con el líquido rojo. Solo entonces, con el animal a la cabeza, la alegre comitiva emprende la marcha hacia las moles graníticas que conforman la sierra de Gredos.

XXIV

—Mira, chaval, la caza es cosa seria. Hay que ser paciente y, sobre todo, hay que tener cojones.

»Hay quien usa cepos —el padre de Miguel sacude la cabeza—, pero eso es una mariconada. ¿Me entiendes? Un hombre de verdad no pone cepos ni espera en el coche como un imbécil hasta que cae algo. Pa empezar, nunca sabes qué vas a atrapar. Podría ser un ciervo, pero podría ser un conejo o hasta una rata de campo. ¿Tú te crees que una rata de campo es algo que merezca colgar de una pared? No, ¿verdad? Cla que no. Nosotros practicamos la caza de hombre a bestia, la única de verdad.

»Tu abuelo nació pobre, ¿sabes eso? Su familia solo tenía un terreno reseco en Mora de Rubielos. Allí no se podía plantar ni una patata. Pero se hizo a sí mismo y acabó levantando el bar que nos llena el estómago.

»Él se reía de los señoritos de Teruel, que cazaban a rececho. ¿Tú sabes lo que es eso? Qué vas a saber tú, con la vida que llevabas hasta que te me llegaste. Cuando cazas a rececho, pa empezar, no vas tú solo. Llevas un acompañante. "Una negra", lo llamaba mi padre. La negra te suelta un bicho, a veces medio sedao, por un bosque lleno claros. ¿Te lo pues creer? Y el señorito va ahí, con su rifle, a darle caza. A veces, pa cuando lo encuentra, el bicho está dormido.

»Esos no se pueden llamar hombres. Si no vas a ser hombre, pa eso ni lo intentes, te vas con las travelas a la

Ciudad y te sacas unas perras a tu manera. Pero tú no, chaval, tú eres un Montero. Nosotros no hacemos las cosas así. A ti tan hecho mucho mal, pero ya se va apañando, ¿verdad? Garabatos no me importa que hagas. Maricón no te va a volver (más te vale). Pero lo de tejer, escúchame, te vuelvo a pillar unas agujas desas y vamos, no sé lo que te hago.

»Está bien tener maña, cla que sí. Pero hay que saber en qué usarla. La escopeta se te da bien. Toda esa hilera de vez habiendo practicao tan poco. Tu abuelo estaría orgulloso. Tu abuelo se hizo a sí mismo. Se fue de esa mierda de tierras y trabajó de jornalero como un mulo durante veinte años. Eso es el peor trabajo que hay. Ni pa mujeres te quedan ganas. Y no se lo gastaba, tu abuelo. Lo guardaba pa algo grande. Era un hombre de miras. Y cuando ahorró, se compró el bar del casino y puso ahí su apellido, en el cartel de la entrada, en letras bien gordas. Ese bar nos lo da todo y es gracias a tu abuelo. Hoy dedícale la pieza que caces, que a bien te aseguro que te está mirando.

XXV

Dos mujeres adolescentes de catorce años e identidad desconocida fueron halladas en la madrugada de ayer, acompañadas de un ciervo,

en las cercanías de Robledo de Chavela, municipio español situado en la Sierra Oeste de Madrid, a sesenta y tres kilómetros de la capital y a medio camino entre el área occidental de la sierra de Guadarrama y la sierra de Gredos.

Ambas se hallaban en avanzado estado de gestación y presentaban magulladuras y quemaduras de tercer grado en manos y pies. Tras pasar a disposición de los servicios sociales, que a su vez tenían entre sus deberes el hacerse cargo de los futuros hijos de las menores, fueron ubicadas en una casa de acogida temporal que abandonaron en plena noche. El animal, que había sido llevado al centro veterinario Rodríguez Temprano para su próxima reincorporación a la naturaleza, ha desaparecido de igual forma. El testimonio de las menores había resultado clave a la hora de esclarecer el reciente incendio originado en la finca de la sierra de Gredos, que fue extinguido gracias a la temprana acción de los bomberos. Según las jóvenes, ellas se habrían encargado de provocar el fuego original con el objetivo de impedir que la única víctima mortal del incendio, cuyos restos calcinados fueron hallados en el interior de la finca, liberara al ciervo que acompañaba a las niñas en la sierra de Gredos.

Los testimonios de las mujeres, cuyas identidades no han sido todavía esclarecidas por la comandancia, dejan entrever que residían desde hace meses con el propietario de la finca. Actualmente, la policía investiga la posible naturaleza sexual de dicha convivencia. La teoría de la retención involuntaria cobra fuerza tanto por la condición física de las menores como por la gran cantidad de contenidos relacionados con pornografía infantil hallados en el ordenador que la víctima tenía en su residencia principal, sita en Madrid. Sin embargo, ambas menores insistieron en que el incendio tuvo como objetivo principal la protección del ciervo, al que el finado pretendía sacar de la finca tras haber sido rehabilitado y cuidado por las menores durante meses. Esta mañana se han puesto en marcha los dispositivos de búsqueda necesarios para dar con las jóvenes, cuya salud física y mental tiene en vilo a los responsables de los servicios sociales encargados del caso[5].

5 Noticia aparecida en *Diario 16*, 5 de noviembre de 1981.

XXVI

AB
cabremos los cinco bien en el Tiguan? 13:40

CJ
ke cinco 13:41

DG
joder tio , es enorme 16:13

AB
nosotrs cuatro y la bella durmiente 16:13

CJ
jajjaj 16:14

DG
da para una peli 16:14

DG
ls cuatro lobitos y la princesa del reinol 16:15

XXVII

Hasta hace cuatro horas, Cloe25 tenía un 100% de opiniones positivas en Blablacar. Es natural, porque Cloe25 es una persona extrovertida y culta y —si pone algo de interés— particularmente entrañable. Cloe25 lee *Cahiers du Cinéma*, lidera —de forma no oficial, evidentemente— el grupo feminista de su facultad, está a punto de titularse en Antropología y practica tres tipos de yoga —kundalini, bikram y anusara— cuyos orígenes conoce a la perfección.

Cloe25 habla de su familia y amigas con un cariño contagioso y es una fuente constante de anécdotas que suele variar ligeramente en función de la audiencia. Cloe25 sabe dónde acaba la broma y empieza la ofensa; sabe cómo transmitir sus conocimientos sin una pizca de condescendencia. Cloe25 es la clase de persona que convierte un insulso desplazamiento en automóvil en una experiencia amena, enriquecedora y extrañamente reconfortante.

Sin embargo, el perfil de Cloe25 ya no es ese paisaje inmaculado que la retrataba como un ser humano encantador. En la primera línea de su página de usuaria hay un punto rojo que parece un orificio de bala, una herida sangrante que aniquila el valioso *savoir faire* que Cloe25 ha construido con paciencia y buenas intenciones a lo largo de toda su vida.

Junto al punto rojo puede leerse:

> Una tortura de viaje. Cloe se ha quejado continuamente, ha gritado por teléfono dentro del automóvil haciendo imposible la conducción y no se ha despedido al marcharse. Además, se ha empeñado en abandonar

el coche cuando llevábamos solo cuarenta minutos de viaje, en una zona en la que era difícil parar. Todavía no ha enviado el código de confirmación y no responde a nuestras llamadas. Si queréis un trayecto tranquilo, no contéis con Cloe25 como pasajera.

Todo lo que dice Javier36, el usuario que ha vertido tan amargas palabras en el perfil público de Cloe, es verdad. Este era el viaje *redentor* de Cloe, el trance que le permitiría abandonar la Ciudad para pasar unos días en Gijón, en la casa de una amiga a la que ni siquiera se había molestado en avisar. Pero el motivo por el que Cloe se ha comportado de modo tan poco coherente con su personalidad durante el viaje es el mismo por el que ahora mismo tiene fragmentos de Big Mac entre los dientes; el mismo por el que su bolso contiene una caja de pretzels, un parche con el escudo de Berlín, un ejemplar de *Las desventuras del joven Werther*, una cerveza de importación alemana y un paquete de salchichas bratwurst envasadas al vacío. Su hombre ama a otra mujer. A una mujer alemana de nombre Hannah, concretamente. Una Hannah que seguro tendrá mejores tetas que ella y más destreza a la hora de meterse una polla hasta el garganchón. O ese es, al menos, su pronóstico.

Una gestión racional de los acontecimientos pasaría por la ruptura total del contacto con Dory, unas etílicas vacaciones amigas en alguna islita nacional o incluso un viaje en solitario por la India, del que Cloe volvería con un look new age un tanto desfasado y afirmando haberse encontrado a sí misma. Pasados tres meses, Cloe se desharía de sus pantalones de lino y de sus colgantes de símbolos budistas y volvería a ser una persona muy parecida a la que era antes de su tragedia amorosa, excepto por ese pequeño cambio en su perfil de Blablacar y por una suerte de resentimiento que desaparecería en cuanto encontrara a una pareja merecedora de su confianza.

Sin embargo, su proceso de superación se está desarrollando de manera mucho más compleja. Porque Cloe es, además de una persona *culta y extrovertida*, un ser humano profundamente creativo cuyo subconsciente jamás recurriría al consabido «viaje a lo mochilero por la India».

En lugar de eso, Cloe se está encargando de borrar cada una de las acciones compasivas que ha llevado a cabo a lo largo de su vida.

Cloe ya no siente empatía por los animales. O al menos, esa empatía ya no se refleja en su comportamiento.

Cloe devora hamburguesas de MacDonal's y piensa adquirir toneladas de ropa de Inditex en cuanto reúna los ánimos suficientes como para irse de compras, y su delirio consumista no va a verse frenado por las intrusivas imágenes de niñas pakistaníes con los dedos entumecidos por el trabajo.

Se acabaron los productos ecológicos, las donaciones a ACNUR, las firmas en Change.org. El mundo ya no es un lugar que Cloe considere digno de ser salvado.

XXVIII

AM
saldrmos mañana a las 8 20:34 ✓✓

CJ
y el tema?? 20:34

AM
todo listo 20:34 ✓✓

AB
me pido estrenarla k la otra vez m toco el ultimo 20:35

AM
ni d coña 20:35 ✓✓

CJ
hagamos apuesta 20:35

AB
k apuesta 21:46

CJ
la tia la estrena kien + aguante n la cementera 21:49

AB
qu dices 21:51

XXIX

—Así que esto es lo que has cazado… Tú solo, ¿eh? ¡Menuda pieza, muchacho! Has heredado el don de tu padre, vaya que sí. ¿Cómo te llamabas? ¿Miguel? ¿Eh? Buen nombre, sí señor. ¿Te gusta el boxeo? Mike Tyson, muchacho, ese sí que tiene un don. Como tú. Tú también tienes un don para esto, eso seguro.

»En fin, Mike, ha llegado la hora de hacer arte con esto que traes. La taxidermia debería estar entre las bellas artes, ¿sabes? Pero esos pichis de los museos no quieren reconocer su valor. En el museo lo quieren todo limpio, pero luego bien que se apuntan a la caza del zorro o de la perdiz si los invita un tipo con traje. En fin, primero hacemos un corte aquí. Es importante que no se vean las costuras. Hay que quitar toda la piel de una pieza para que no quede feo. Luego habrá que secarla con sal. ¿Quieres quedarte a verlo?

»Me ha dicho tu padre que pintas. A él esto del arte no le interesa, ¿sabes? Cree que puede volverte sarasa. Pero el que es hombre, es hombre, y este bicho me dice que tú lo eres. Nunca había visto una cosa así. Un ciervo albino… Uno sabe que existen, claro. Pero quién iba a pensar que tendríamos uno aquí. Vas a ser la envidia de todos, una pieza así es más que un trofeo.

»Si tienes mano puedes encargarte de pintar los ojos. Es una tarea delicada, yo no soy de dejar dos puntos negros, eso es una guarrada. Se ha de pintar el iris con un pincel muy fino en un papel a medida, y luego se le pega encima el cristal. Hace efecto lupa, queda muy bien. Los pinceles los tienes ahí. Sí… Son suaves, ¿verdad? Son de pelo de marta. Puedes llevarte uno si quieres. ¿Lo quieres? ¿Eh? ¡Ese Mike! Ja, ja.

XXX

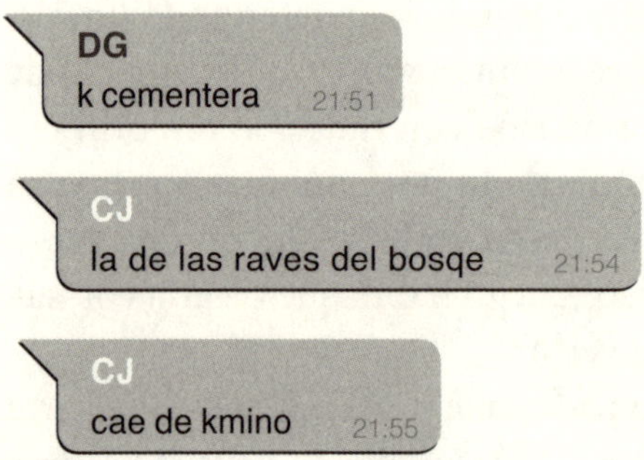

XXXI

Era verdad que la edad hacía estragos en todas las mujeres, pero con la suya se había cebado especialmente.

De la chica de tez nacarada con la que se había casado no quedaba ni la sombra. Los pómulos altos y redondos habían desaparecido dando paso a un óvalo facial irregular, ocupado en su centro por dos ojillos de aspecto tristón, subrayados por dos jugosas bolsas que, a decir verdad, eran lo único jugoso que le quedaba. Todo su cuerpo parecía haberse dejado vencer por la gravedad, con la carne abultando bajo la goma de la braga y luchando por expandirse más allá de las costuras. Para colmo de males, ella no parecía darse cuenta de los cambios que el tiempo había obrado en su cuerpo y seguía vistiendo con vaqueros ajustados y jerséis ceñidos; tanto que el canalé se deformaba en vertiginosos zigzags al llegar a la zona baja de la espalda, donde la grasa de su cadera se derramaba como un flan recién servido, antes de ser contenida por la cinturilla de los inapropiados Levi's.

Había tenido que decírselo, claro. Y a ella no le había gustado. Si sus amigas hubieran sido menos arpías, ellas mismas le habrían dado un toque de atención, en lugar de animarla con sus constantes piropos a seguir arreglándose como una veinteañera. No es que ellas se conservaran muy allá, pero un par continuaban delgadas y habían tenido el acierto de operarse las tetas, lo suficiente como para mantener una figura atractiva pero sin llegar a caer en la ordinariez.

En cuanto se lo había comentado a su mujer, la muy idiota había salido corriendo a someterse a la misma intervención. Como si el dinero lloviese de los putos árboles. Por lo menos había repuesto el gasto vendiendo las baratijas que su madre le había dejado en herencia. Su suegra también había tenido un mal envejecer. Debería haberlo visto venir.

Su abogado se lo preguntó decenas de veces, pero él afirmó lo mismo una y otra vez: nunca le pegó. Ni siquiera cuando se enteró de que se había gastado una fortuna en ponerse las tetas. Ni siquiera cuando las crías cumplieron el año y ella se empeñó en volver a la facultad, como si aquel fuera un lugar para una mujer recién parida. La ideita le había durado poco, pero siempre había conseguido convencerla a base de palabras. Ni medio golpe en diecisiete años de matrimonio. Cuántos de sus compañeros de la sociedad gastronómica le habían reconocido haber perdido los nervios alguna vez. Y todos eran hombres hechos y derechos, intachables. Pero, amigo, sin su nivel de autocontrol.

Es cierto que a las niñas sí las agarró aquel día. No llegó a pegarles, ojo. Por supuesto que no. Pero según el fiscal de la acusación, les había dejado unas buenas marcas en los brazos: unos dedos dibujados sobre la piel como una «rúbrica indeleble». Seguramente las fotos estaban trucadas. Es muy fácil subir la saturación de una imagen digital antes de pasarla al ordenador, en los juzgados lo saben y lo dejan pasar.

La justicia siempre se pone del lado de las mujeres, eso lo tenía claro antes de su propio divorcio. Como hombre, entendía que estaba desprotegido ante la ley, pero no había tenido más remedio que capear el temporal. Y lo había hecho con la cabeza bien alta. Había recibido la sentencia con el gesto firme y la camisa recién planchada. Que aquella jueza viera que se equivocaba con él. Que haber sido abandonado por la inútil de su mujer no había hecho mella ni en su porte ni en su saber estar. Que su ropa estaba limpia y sus zapatos recién cepillados. Que no le importaba ensuciarse las manos para hacer esas tareas.

A las crías no podría verlas hasta los dieciocho. Que esperasen sentadas. Toda la vida lo habían tratado con desprecio. Levantando las cejas y mirándose entre ellas cada vez que alzaba un poquito la voz, cada vez que se levantaba de la mesa hastiado ante lo soporífero de las cenas junto a su mujer. Un par de histéricas, como su madre y como su abuela; ahora eran preciosas, pero en unos años darían tan mal resultado como las otras. En la genética de las mujeres no hay trampa ni cartón.

El juez había ordenado destruir los vídeos sin examinarlos siquiera. No había querido dar ni una oportunidad a su versión de los hechos. Aquellas crías eran unas guarras desde los trece. Él las había visto crecer, las había visto convertirse en un par de putitas relamidas de la noche a la mañana, sin darle tiempo a despedirse de las niñas de sus ojos que habían sido. El cambio tuvo mucho que ver con llevarlas a un colegio mixto, eso lo tenía más que claro. Era mixto, sí, pero también era el mejor de la zona, y él quería lo mejor para su familia. Solo la matrícula ya costaba cien mil pesetas. Entonces fue cuando empezaron a cardarse el pelo, a pintarse las uñas con esmaltes baratos, a cuchichear en las esquinas, a mirarlo de reojo en los desayunos. Se convirtieron en dos secuaces de su madre. ¿Cómo no iba a poner cámaras en las habitaciones? ¿De qué manera, si no, iba a controlar lo que pasaba en casa? En su propia casa, pagada con su dinero y mantenida con su sueldo. Y tenía que actuar como un miserable espía.

Revisaba los vídeos cada noche en su estudio, antes de irse a la cama. Se calzaba los auriculares, se ponía un whisky cargado y echaba el cerrojo; aunque la familia sabía que, mientras estaba ahí metido, no recibía visitas, fuera cual fuera la emergencia. Era su lugar sagrado, su reposo del guerrero, y había tenido que procurárselo él. Fuera de aquellas paredes volvía a ser el enemigo público número uno.

Lo de tocarse empezó un día por casualidad. No eran las niñas lo que lo excitaba. Vestían como furcias baratas y además eran sangre de su sangre, no me jodas. Pero había algo… elevado en aquel acto; una forma de recuperar el control, de reafirmar su liderazgo en un hogar plagado de brujas.

Así había descubierto que una de las crías había metido a un imbécil en casa. En horario escolar, para más inri. Bajo su mismo techo había dejado que aquel gilipollas la manoseara, y luego se había quedado anonadada mirándolo como si fuera un dios.

Y eso sí que no. Eso no lo podía consentir.

No recordaba si había llegado a subirse los pantalones antes de salir vociferando de la habitación. En realidad, no recordaba gran cosa. Según el fiscal, había empujado a su mujer escaleras abajo antes de sacar a la cría en cuestión de su cuarto y de cantarle las cuarenta en el pasillo, mientras la maldita hermana, tan entrometida como de costumbre, llamaba a la Policía local. Ni por asomo había empujado a su mujer tan fuerte como para que se cayera por las escaleras. Él no era de esos. Probablemente lo había fingido para asegurarse una sentencia a su favor. La cría no, la cría lo tenía merecido. Se trataba de su educación. Eso es lo que nadie parecía comprender. Ahora, sin su supervisión, no tardaría en quedarse preñada. Pero él no pensaba mantener al fruto de ese embarazo adolescente sobre el que ya había intentado advertir a la jueza. Por sus cojones que no.

Al final, por pura inercia, tampoco dejó de hacer lo de los vídeos. Con sus hijas no, claro. Ya no tenía acceso a ellas y, además, las había dado por perdidas; esas iban a acabar mal sí o sí, ya no tenían remedio.

En fin, la solución estaba ante sus ojos: poner videocámaras en los baños de los centros comerciales. ¿Dónde si no? Hay que estar donde acuden las chavalas los sábados para comprar sus chucherías e ir al cine o a la bolera. Había visto de todo en aquellas grabaciones.

Chicas de doce años fumando, besándose con chavales que les sacaban diez años, cambiándose para vestirse de una forma que seguro que sus padres no aprobarían, incluso vaciando el bolso tras haber robado en tiendas de bisutería.

Más de una vez pensó en usar aquellos vídeos para darles una lección, pero no le daba tiempo a verlos antes de que abandonaran el centro comercial. Así que se limitaba a analizarlos, como mucho, y a enredarse un poco en su nuevo estudio. Nada serio. El estudio, por cierto, era algo más pequeño que el anterior, pero al menos estaba bien lejos de su ex.

A lo que iba: el último vídeo. El último vídeo había sido de lo más extraordinario. Aún estaba en shock; no podía parar de verlo una y otra vez.

Estas crías le habían provocado una repugnancia fuera de lo común. Normalmente, las niñas acudían al centro comercial arregladas, aunque fuera con mal gusto; pero estas tenían el pelo grasiento y la cara tiznada de humo, y venían embutidas en dos abrigos enormes y hechos jirones. Además estaban gordas, joder, algo todavía más despreciable en una mujer joven que en una madura. No es solo por estética, es por salud. Y mira, eso hasta sus hijas habían acabado por aprenderlo.

Pero estas crías… Estas crías, con las caras desencajadas, como si fueran a vomitar, se habían metido en el baño de minusválidos y, en cuestión de veinte minutos, habían dado a luz a dos bebés, habían cortado el cordón umbilical con los dientes, habían envuelto a los bebés en los abrigos y habían abandonado el lugar.

Y lo más raro de todo: el audio era muy deficiente, pero se oía claramente lo que una de ellas le había dicho a la otra al salir:

—Recuérdalo bien, no son suyas; son de los extraterrestres de Robledo de Chavela.

SEGUNDA PARTE

I

—Hermanas, ¿está el cáliz preparado?

—Lo debía beber la hermana C., hermana.

—¿Y dónde está?

—No se ha presentado todavía.

—¡Ya es casi medianoche!

—¿Quién será entonces chamana?

—¿No podemos esperarla?

—Es importante hacer el ritual correctamente y ella es quien conoce el cáliz, hermanas.

—¿Cuántas hermanas se ofrecen?

—La hermana A.

—¿Solo ella?

—Yo podría intentarlo, pero creo que no tengo mucha sabiduría que aportar.

—No desesperes, hermana. Eres tan imprescindible y querida como todas.

—¿Y si la hermana C. no llega a tiempo?

—Tendremos que suspender el ritual.

—¡Pero nunca las estrellas fueron tan propicias!

—Sería una lástima, hermanas.

—No debimos confiarle a ella el papel de chamana.

—No digas eso, hermana. Aquí todas somos dignas de confianza.

—¡Hermanas, no generemos conflictos, podríamos provocar un descenso al Círculo Terrenal!

—Es cierto.

—Unámonos en armonioso canto y esperemos.

—Sí, pero en serio, mandadle un puto whatsapp o algo.

II

Una de las joyas más desconocidas de la Comunidad Valenciana es el pequeño tren que enlaza los pueblos más turísticos de la costa alicantina.

Silbando entre huertas y barrancos, bajo una luz aterciopelada, la máquina emprende su carrera en Denia y la culmina en la abigarrada Benidorm. Como es habitual, los locales aprecian más bien poco las posibilidades panorámicas que ofrece este medio de transporte, pero sus vagones rebosan de turistas durante los meses de verano.

Manteniendo el equilibrio y agarradas a los asideros y barras metálicas, las señoras inglesas de mediana edad graban vídeos al paso del tren sobre Altea Hills, valle de destellos esmeralda en cuyas laderas se engarzan casas tasadas en varios millones de euros. Con sus líneas puras, las residencias de lujo rompen con la ondulación natural de la montaña, mientras la carretera se desliza sinuosa hasta los accesos de las villas —dotadas de tecnología punta en lo que concierne a evitar la entrada de intrusos— y los carteles de la agencia inmobiliaria Engel & Völkers se agitan aplaudiendo el paso del tren. Quien no desea una casa en las colinas de Altea no lo hace porque, sencillamente, no sabe de su existencia.

Al otro lado de los muros blancos, cruzados en diseños racionalistas, las mujeres se sumergen en revistas de interiorismo, luchan contra las patas de gallo —armadas con sus cremas faciales de tres cifras— y tienen algún que otro escarceo con jardineros y demás jóvenes y fibrosos empleados de mantenimiento. Por las mañanas hacen compras puntuales, reciben a sus entrenadores personales y se entregan con indolencia al mecer de la colchoneta sobre el agua plácida de la piscina. Todas ellas son mujeres de piel morena —casi anaranjada—, muslos firmes y mechas californianas, cuyo deseo por sus maridos se extinguió hace décadas sin sorpresa ni crisis alguna. No saben adónde van ellos por las noches, y se han hecho expertas en fingir que ignoran sus salidas a hurtadillas de madrugada. Lo cierto es que la mayoría de los maridos solo va a *esa casa* a beber carísimo alcohol de importación y esnifar cocaína, tras lo cual requieren la compañía de alguna prostituta de origen ruso que solo espera que alguno de ellos acabe poniendo a su mujer en la calle; y a ella, en la piscina.

Los hay, sin embargo, que exhiben gustos un tanto peculiares. Sin ir más lejos, un holandés jubilado con un incipiente melanoma —gestado a base de horas en la cubierta del barco que lleva el nombre de su esposa— que se inclina por los enemas, una práctica inofensiva pero engorrosa de la que prefiere liberar a su querida Helga.

Otro habitual es Ramón. Nuevo rico y oriundo de Alcoy, Ramón se esfuerza en aprender los básicos del arte contemporáneo para dejar de despertar risitas y miradas de recelo entre su recién adquirido círculo social. También le gusta llamar a su mujer desde un número oculto mientras le hacen una buena mamada, y gemir a través de un distorsionador de voz.

A otros —a muchos— les van las crías. Es este un tema sensible, mal visto por muchos, pero que despierta auténticos fanatismos, y con el que la casa se ve obligada a cumplir. Aunque procuran que el lugar no se llene de aspirantes a director de snuff movies, los pederastas dispuestos a ejercer suelen ser gente bastante sádica. Sirva como ejemplo la ocasión en que uno de ellos se puso violento con una de las gemelas que atienden en la habitación n.º 14. Inicialmente, los gritos que emergían de la habitación eran gritos indignados, en tono agudo, pero muy pronto fueron sofocados por los alaridos de asombro y terror del propio cliente. Según la crónica de uno de los empleados, cuando fue rescatado y expulsado del lugar, el tipo estaba prácticamente cosido a dentelladas, mientras las gemelas, ya tranquilas, compartían un cigarrillo con la boquilla reluciente de sangre. En el suelo, sobre la alfombra de diseños vegetales que ellas mismas habían recuperado de la basura para decorar el cuarto, reposaba un pequeño trocito de oreja.

III

AM
ya está todo en el tiguan o k 10:34 ✓✓

DG
los reinoles? 10:43

CJ
n la guantera.un amigo m hizo receta. no problem 10:43

CJ
ke decis d lo d la cementera va 10:45

DG
x mi guay 10:49

AB
paramos ahi pues? 10:49

CJ
sta a mitad kmino. paramos nos hacemos ls primeras clenchas 10:50

AB
por ls viejos tiempos 10:50

CJ
y el q ms aguant n la cisterna se lleva el premio gordo 10:51

CJ
y llegamos a las fiestas ya finos 10:51

DG
a pasar revista a ls zorras 10:51

AB
venga 10:52

IV

—Veréis, yo sé perfectamente que las putas son necesarias. Si es que al final los tíos somos animales, necesitamos el acceso a ciertos alivios, por así decirlo. En fin. No sé, imagínense, naciones y naciones de tipos con los huevos bien tensos y bien duros, a punto de estallar. ¿Qué no sucedería?

»En los países donde irse de putas está jodido, los tíos se pegan siempre a las mujeres en el metro. Con tal de sentir unas nalgas rozándoles el pito, hacen lo que sea. Es un asunto sociológico.

»Igual vosotros, que sois hombres de fe, no lo acabáis de entender. Y, en fin, yo estoy aquí soltando todo esto y tampoco he sido nunca asiduo a los prostíbulos. Entiendo la necesidad, pero a mí nunca me ha hecho falta.

»Mi padre me llevó una vez. A él sí le gustaba. Y cazar; sobre todo, cazar. La primera vez que me llevó, maté un ciervo albino. ¿Cómo te quedas? Le daba vueltas la cabeza.

»Mi padre volvía locas a las mujeres. Yo también. ¿Qué pasa? Me la suda si os lo creéis o no. A algunas les gusta verte detrás de la barra. A otras les fascina que seas artista. Yo soy pintor, sabéis. No, no da para vivir. No me importa. Me gusta currar aquí. ¿Un chupito? ¿Seguro? Trae, déjame la revista aquí. *La Atalaya*. Suena bien. Luego me la miro.

»Muchas tías vienen aquí borrachas deseando echarse algo al cuerpo. Eso dice su actitud, al menos, aunque al día siguiente se empeñen en negarlo. Yo solo he visitado alguna que otra vez la pensión Loli, cerca del bosque. Y, bueno, el famoso picadero de Marco; pero, claro, ahí hemos ido todos. En la sala principal hay fútbol todo el día, y el bueno de Marco deja fumar puros, siempre que correspondas follándote a una de sus chicas en las literas del cuarto trasero. De eso vive él. Y tampoco le vas a negar la pensión al hombre. Las chicas son rumanas, creo. Muy jovencitas.

»Y luego está aquel sitio de la calle Pavía. Pero a ese vas por el precio de los cócteles, lo demás es accesorio. Después de un par de Long Islands igual quieres echar un polvo, claro, cómo no vas a querer. Allá tienen a algunas de las mujeres más bonitas de la Ciudad. Era el favorito de mi padre.

»Mi padre murió al poco de matarle yo el ciervo. Del hígado. Es una muerte jodida. Vivíamos en la casa de ahí, sobre la loma. Junto al toro de Osborne descabezao, ¿lo habéis visto? Un tornado, sí. Aquí, cuando pega, pega.

»La vida era dura pero, mira, al menos me dejó este bar y suficiente dinero como para mudarme a la Ciudad. ¿Seguro que no queréis un chupito? En fin, a Laura la conocí en la puerta de un restaurante en la zona de puterío del club náutico. Se acercó a pedirme fuego y me dejó prendao. Tiene una arrogancia un poco… agresiva, ya me entiendes. Es una mujer hecha y derecha. Altísima, con ese culazo metido en un mono de licra negro. No sé cuántos años tiene exactamente, puede que cuarenta. Me gustan curtidas, pero nunca había visto a una tía así. Te mira directamente a los ojos y te sientes como una vaca a punto de entrar al matadero. No te orinas encima de milagro.

»Se encendió un cigarro y dejó la boquilla llena de un carmín oscuro. Casi morado. Fue como si me hubieran dao un puñetazo en la cara. Pero justo después de una paja. ¿Tú me entiendes? Me pilló totalmente desarmao.

»Le ofrecí cien euros por cuarenta minutos. Puso cara de sorpresa, supongo que cobra mucho menos, pero desde entonces nos vemos todos los miércoles. Y ella viene con ganas, que es lo que importa.

»Ni cuenta el dinero. La primera que conozco que no lo hace. Un día hasta se lo dejó olvidao, joder. ¿Eso no quiere decir algo? Porque yo no soy ningún idiota ni ningún mindundi, eso seguro. Y os digo que esa mujer está loca por mí. Se corre en dos minutos y siempre quiere más. No me miréis así, vosotros no podéis entender lo que os estoy contando. No sois más que un par de tirillas con la polla raquítica y marcas de acné enquistado, ¿verdad? Una mujer así os haría cagaros de miedo. Bah, fuera de mi puto bar.

V

—Hay Cuatro Agujeros de Vida y Muerte. Cuatro estaciones metafísicas húmedas y palpitantes en las que se dan cita lo humano y lo sobrenatural. Un pequeño agujero entre dos rocas que rezuma vida, el palpitar orgánico del moho y de pequeños insectos, quebrados bajo la bota izquierda del artista. Un agujero donde conviven la vida y la muerte en un instante muy preciso: un hormiguero aplastado, una caída aparatosa, una herida abierta en la naturaleza y otra que se abre en un órgano vital que asfixia el cuerpo por dentro. Un agujero emocional que se expresa en complejos discursos intelectuales, en la verborrea aclamada de la charlatana. Un agujero adicto que solloza, una tristeza que habita en la cavidad de diecisiete centímetros del aparato reproductor de la mujer de mil palabras. Un agujero colosal, construido por la mano del hombre, vertebrado por un armazón de hierro y cerchas de acero, recubierto de cemento, inundado, lleno de cuerpos blancuzcos y fofos que deben desaparecer. Un agujero excavado en la tierra de un bosque, lleno de hojas putrefactas, un agujero ritual en el que se consumen plásticos retorciéndose bajo el fuego, que huele a despedida y a salchichas de Frankfurt.

—¿A salchichas de Frankfurt, dice?

—Calla, no la interrumpas.

—Creo que le hemos dado demasiado peyote.

—Tiene las pupilas muy dilatadas.

—Hermanas, hay que seguir con la sesión.

—Ana, ¿te encuentras bien?

—¡No la llames por su nombre terrenal, hermana!

—Dejad ya el rollo de las hermanas, por favor, esto está escapando a nuestro control.

—Joder, ¿creéis que debemos llamar a alguien?

—¿Qué cojones es eso los «agujeros de vida y muerte»?

—Parece una premonición.

—¿Ha dicho algo de unos cuerpos que debían desaparecer?

—Me estoy acojonando en serio.

—Mierda. ¿Dónde coño está Cloe? Ella podría ayudarnos.

—Esto es muy fuerte.

—¿Y qué hacemos?

—Yo qué sé.

—De momento, esperar.

Ana se sienta en el suelo muy despacio, la cabeza como una peonza oscilando lentamente hasta quedar inmóvil. Tiene las manos entumecidas, plegadas y anaranjadas como dos pequeñas pinzas de langosta. El cerebro, iluminado, cocido en mescalina.

Cada uno de los acontecimientos concretos que hilan la futura redención de la clase más oprimida de la historia brilla como una estrella roja en una ingente constelación periférica, sin que nada pueda hacerse para impedir el desenlace gestado en los Cuatro Agujeros de Vida y Muerte.

VI

El tono favorito del artista Mike Montero es el tulsa aguamarina. Suele combinarlo con el salmón errante y el amarillo canario para crear los amplios cielos de psicodelia pastel que son su firma.

Sus obras retratan gasolineras aisladas, áreas de servicio de neones curvos, desguaces, moteles de carretera de pasillos abiertos y destartalados. Le gusta acercarse a estos lugares de noche, con su silla de pescar al hombro, y tomar fotografías con larga exposición que luego usa como base para sus obras pictóricas.

Prefiere los paisajes con escasa presencia humana, desolados, porque «evocan el aislamiento del ser humano, que no es sino un pobre animal asustado y herido por sus congéneres que busca refugio».

«Mi obra», continúa, «es como un glosario de esos refugios, los únicos reales, ya que los abstractos refugios de la familia y el amor filial o romántico son siempre una sombra, una ilusión, una cuerda en la ladera de una montaña que un día verás cortar a un ser querido».

Montero pinta, pues, escenas nocturnas, pero el tratamiento de los cielos les otorga un aspecto surrealista, como espacios atemporales, casi mitológicos, perdidas atlántidas de la era postindustrial.

Es un artista arisco, reservado, al que no le interesa presentar su obra ni hablar personalmente con posibles compradores. Todos sus comentarios acerca de su propia producción, destinados a catálogos o dípticos informativos, llegan a su galería por carta.

En realidad, no se ha presentado nunca allí excepto para recoger personalmente el importe de alguna venta, y eso, sin él pretenderlo, lo ha convertido en todo un enigma para la crítica y el entorno artístico de la Ciudad. Quienes adquieren sus obras lo imaginan como un bohemio de perfil cinematográfico, un James Dean armado solo de pinceles y crisis existenciales. Y es verdad, Montero ha heredado el atractivo clásico y varonil de su padre, pero su apartamento, situado en un edificio de doce plantas de las afueras, recuerda más a un laboratorio de metanfetamina que a una pintoresca buhardilla parisina.

Últimamente, sus galeristas de confianza andan algo preocupados. Hace un par de meses que este «enfant terrible de la pintura de nuestro tiempo», como se esfuerzan en denominarlo, es incapaz de entregar ninguna de sus piezas reconocibles. Se acabaron los paisajes industriales y las escenas de «desolada contemporancidad». Desde hace un par de meses, Montero se dedica al retrato. Y retrata de forma obsesiva a una sola persona: Laura Añón, la Conferenciante.

VII

—Por favor, hermana H., vamos a localizar a Cloe.

—Hostia, con el «hermana», qué coñazo estás dando.

—Tía. Esa palabra es supermisógina.

—Tiene el móvil apagado.

—¿Llamaríais a una ambulancia?

—Parece un vulgar colocón.

—¿«Vulgar», dices?

—En la rave de la cementera tenía la misma cara.

—¿Cuál rave?

—La de le cementera abandonada y las rulas esas fucsias.

—Yo no estaba.

—Sí estabas. Otra cosa es que te acuerdes.

—La que Cloe casi te tira a una puta cisterna.

—Ah, coño.

—Joder, cómo se nos ocurre ponernos a jugar con peyote.

—Parecemos retrasadas.

—Tía, pues ayer te parecía la monda la idea.

—Porque se lo iba a comer la Cloe. Joder, dónde coño se ha metido.

—No sé, tía. Además, fue cosa suya.

—Ya le vale.

—¿Tenéis el móvil de X, hermanas?

—Mira, Sara: como vuelvas a decir la palabra «hermanas», te reviento viva.

VIII

Joaquín se levanta de la cama dejando una macilenta mancha de sudor sobre la sábana. Se apoya sobre la mesilla de noche y enciende un cigarro de humo espeso.

Observa la mancha, que parece devolverle la mirada, y piensa en el test de Rorschach al que se sometió hace escasos días. Si le preguntaran, diría que la mancha le sugiere una mariposa, pero que las mariposas le recuerdan a las flores; y las flores, a un tanatorio, y el tanatorio, a la reciente muerte de su madre.

—Nos habíamos apuntado a *Pekín Express*.

Valeria y Miranda lo observan intrigadas, como hacen cada vez que él menciona algo relacionado con el exterior del concurrido prostíbulo de Altea en el que las visita.

—¿No sabéis lo que es *Pekín Express*, verdad?

Las hermanas niegan con la cabeza. En el prostíbulo no hay televisión y ellas no lo han abandonado en más de veinte años. En sus días libres les gusta ir a la diminuta cala que hay a unos quince minutos a pie, tomar el sol y explorar a conciencia la arena, para volver antes de que anochezca con los bolsillos llenos de conchitas y combadas monedas de cobre.

Los hombres a los que reciben en su habitación compartida pagan por mantener relaciones sexuales con ellas, pero a menudo no llegan a la penetración, cosa que ellas prefieren. Joaquín es un cliente relativamente reciente, que suele limitarse a hablar durante una hora o dos sobre su madre. Unas pocas veces ha intentado masturbarse ante ellas, siempre sin mirarlas, pero no consigue mantener una erección el tiempo suficiente. Ellas se esfuerzan por mostrarse expectantes pero infinitamente pacientes y, por educación, reprimen los bostezos que las asaltan durante los infructuosos intentos de Joaquín.

—*Pekín Express* es un programa de televisión muy conocido. Concursan distintas parejas. No tienen por qué ser parejas románticas, ya me entendéis. Por eso yo quería presentarme con mi madre. El objetivo es llegar hasta Pekín gastando solo un euro al día durante el trayecto. Y sin vehículo propio, claro.

»A mi madre le encantaba, lo grababa en vídeo y hasta se hacía cintas recopilatorias con los mejores momentos de cada capítulo. Su sueño era concursar, pero ninguno nos veíamos capacitados para enfrentarnos a unas pruebas tan duras. Por eso comenzamos a ir al gimnasio tres o cuatro veces por semana. Un gimnasio es un sitio inesperadamente acogedor, ¿sabéis? Antes de apuntarnos, pensábamos que seríamos los socios con peor forma física, y que los monitores nos recibirían con cierta lástima; pero nada más lejos de la verdad. La mayoría de personas con las que compartíamos espacio sufría tanto como nosotros al subirse a la bicicleta estática. Enseguida emanaban un sudor de olor ácido y agrio, y llevaban unos chándales muy pasados de moda. Tardamos unos tres meses en empezar a estar definidos, pero mereció la pena. Podíamos aguantar sin problemas un par de horas de ejercicio aeróbico; alzábamos por encima de nuestras cabezas mancuernas que antes prácticamente no podíamos levantar del suelo y, lo que es mejor, ambos cambiamos nuestra dieta para complementar toda esta capacidad física renovada: se acabaron los alimentos procesados, la bollería industrial y el alcohol. Mi madre incluso dejó de fumar, y llevaba haciéndolo casi cuarenta años. (Me llegó a confesar que ni siquiera había logrado abandonar el vicio durante el embarazo). Estábamos preparados para concursar.

Joaquín aplasta la punta de su cigarrillo, casi consumido, contra el extremo impoluto de uno sin estrenar. Valeria y Miranda lo miran pacientes, aunque ya conocen el final de la historia. Sus rostros tienen una perpetua expresión de interés que a menudo fideliza a sus clientes más que sus dotes sexuales, que son escasas.

—Entonces cometí un error. Un tremendo error. Había oído hablar en los vestuarios de una hormona milagrosa, la somatotropina. La llaman «la hormona del crecimiento». Es cara, pero puede conseguirse con bastante facilidad. Se la recetan a los niños cuyo desarrollo físico se considera insuficiente. Niños que sin la somatotropina padecerían enanismo acaban midiendo casi dos metros. En los adultos hace maravillas. Regeneración y reproducción celular. Supone casi un salto evolutivo, ¿entendéis? Te da la posibilidad de mejorar tu propio cuerpo de maneras que nunca habías imaginado. La piel se renueva casi por completo. Desaparecen pliegues y arrugas. Prácticamente, vuelves a la adolescencia. Hasta la parte cristalina del ojo se limpia y se torna más clara. Hay quien dirá que hormonarse es en cierta manera una intoxicación, ¿verdad? Pero nunca me había sentido así, tan... purificado. Casi aséptico. Es como regalarse a uno mismo la posibilidad de volver a empezar.

»En mi madre, los efectos fueron aún más llamativos: su pelo recobró el brillo y la densidad de la juventud, su rostro se tersó, sus dientes parecían recuperar el nácar original. Y nuestro rendimiento físico se triplicó. Estábamos seguros de que en esas condiciones podríamos ganar el concurso sin esfuerzo. Pero necesitábamos una buena historia para que nuestros personajes resultaran atractivos a nivel de público. Al final, es un concurso televisado y depende de sus espectadores, ¿cierto?

»El hecho de que fuéramos madre e hijo ya aportaba cierta originalidad, no es una pareja usual en este tipo de programas. Pero se nos ocurrió montarnos un background que hablara de superación, de celebración de la vida. Son dos conceptos muy de moda y de los que la televisión saca un rendimiento. Íbamos a comentar en la entrevista que nuestra participación era, en cierta manera, una forma de reconciliarnos con las posibilidades que el futuro nos brindaba tras haber dejado atrás una etapa muy oscura. Relataríamos con todo lujo de detalles la lucha de mi madre con un cáncer, probablemente de mama, que ella habría logrado superar hacía escasos meses. Haríamos hincapié en eso del «logro» para convencerlos de que, de alguna forma, nos merecíamos participar. De que aquel concurso era para nosotros una recompensa a una prueba todavía más dura que aquella de la que habíamos salido airosos. La historia sería lacrimógena, pero la aderezaríamos con elementos cómicos que la harían todavía más humana, más tentadora para los productores del programa. Un hijo adulto y una madre casi anciana unidos frente a la adversidad y deseando abrazar la vida.

Joaquín aparta su mirada de las gemelas, que mantienen los ojos abiertos aunque inquietantemente vacíos de expresión.

—La enfermedad real tardó un par de semanas en aparecer. Fue un cáncer fulminante, alimentado por una hormona de crecimiento que se había afanado en reproducir las células malignas a una velocidad vertiginosa. Mi madre murió al cabo de un mes.

Joaquín mira de nuevo a la mariposa, pero ella ya no lo mira a él; tiene los ojos cerrados y el cutis terso y algo demacrado por las sesiones de quimioterapia.

IX

Fue en la intimidad de una estrecha cabaña, cubierta por una inestable techumbre de pizarra y ramas entrecruzadas, donde una pequeña Cloe de nueve años había llevado a cabo su primer ritual. Dos gruesas trenzas morenas, atadas con gomas de espumilla rosa, creaban sombras sobre su rostro concentrado, iracundo —las mejillas nacaradas exudando una furia infantil que iluminaba el interior de la pequeña estancia—, mientras la niña rompía en diminutos trozos una fotografía. En ella, un primerísimo primer plano del áspero y anaranjado rostro de su tío Mauro.

Aquel ritual se desarrollaba a las pocas horas de un terrible descubrimiento: el asesinato de Romeo y Tinga, los dos ratones del desván de la antigua casa familiar en Nuez de Ebro. Mauro había prometido que evitaría su muerte optando por un método de captura poco agresivo, consistente en la disposición de un gran paño de un material similar al velcro en el que los roedores quedarían pegados para ser luego devueltos al campo aledaño a la finca.

Su tío dispuso el velcro en el desván y abandonó a las pocas horas la finca, retornando tres días más tarde, cuando, hambriento y atrapado, Romeo ya había devorado a su compañera tanto como le permitió el velcro al que habían quedado adheridos.

Han pasado muchos años y el ritual, aunque igualmente preñado de bilis y furia infantil, es hoy algo más elaborado. Las uñas de esmalte multicolor de Cloe tardan algo más de diez minutos en cavar un agujero lo suficientemente profundo. La alfombra parda del bosque

que rodea la Ciudad está algo mojada, y la falta de luz le impide ver los innumerables gusanitos e insectos que la forman junto a las ramas, la hojarasca y el musgo.

No es que ande muy sobrada de fe en lo sobrenatural, pero Cloe recurre a este tipo de juegos con relativa frecuencia: un amarre de amor para conseguir la atención de un chico de su clase a los catorce años, una ouija para despedirse de su madre perdida no mucho después... Aún ahora puede recordarse junto a su prima X, invocando a sus antepasadas a base de dibujos trenzados de hiedras y flores silvestres.

Cloe introduce en el agujero todos los artículos típicamente alemanes que ha ido recopilando. Ni siquiera está segura de que «Hannah», la mujer a la que su novio ha dedicado el libro, sea verdaderamente alemana. Su nombre suena alemán, en todo caso. La verdad es que, a ojos de Cloe, los procesos rituales no necesitan precisión. Son solo una puerta abstracta hacia el *cierre de etapas*, «un sortilegio a través del que autoafirmarse en las propias fases de la sanación personal», como recuerda haber manifestado, algo avergonzada, en la asamblea de mujeres de su facultad, pese a lo cual su intervención fue recibida con entusiasmo general.

Prender fuego a estos objetos resulta complejo, la tierra está húmeda y las bajas temperaturas hacen un flaco favor a la combustión. Pero tras unos minutos soplando y añadiendo cerillas prendidas al improvisado altar, las pequeñas ramitas comienzan a crepitar e inundan de luz el agujero. El olor y el color del humo se le antojan extraños, pero quizá se deban a la presencia de las salchichas de Frankfurt. Pronto, la hoguera da paso a una elevada columna de humo rojizo, que recorta su silueta fantasmagórica sobre el muro de la cementera cercana antes de perderse en el plano vertical de la noche.

X

—Tía. ¿Sabes dónde está tu prima Cloe?

»No, nada. Es que estamos aquí en el local, con la gracia del aquelarre. No sé si Cloe te lo contó.

»Sí. Ya, ya me imagino. No, es que a la Ana le ha dado un viaje que no le acaba de bajar del todo. Igual tu hermana sabe qué hacer.

»Peyote.

»Ya. Tía, eso ya no tiene remedio.

»¿En serio? Joder, si llamamos a una ambulancia sus padres van a flipar, que la tía está opositando a fiscal.

»Ya. Que sí.

»Yo qué sé, lo dio en Antropología. Queríamos invocar una consciencia cósmica femenina o algo así.

»Joder, no tiene gracia. No sé, de repente Ana se ha puesto a decir no sé qué de unos agujeros de vida y muerte y unas movidas rarísimas.

»Yo qué sé, nosotras no pilotamos tanto. Oye, que no te rías, coño. Toda esta movida es cosa de tu prima y si a Ana le ocurre algo será su culpa, ¿eh?

»No, tía, no se le va a pasar dándole pan, no es una jodida paloma. Si hablas con Cloe, dile que venga aquí ya.

»En el local de Sara.

»Sí. Ya.

»Hasta luego.

XI

La casa está sucia y desordenada, y absolutamente todos los objetos que la habitan han sido usados como cenicero. Hay ceniza y colillas sobre la jabonera del baño, en una sartén abandonada sobre la pila de la cocina y que desprende un sutil olor a podrido, encima del piano que gobierna la sala de estar —Laura jamás habría imaginado que ese tipo pudiera ser el propietario de un instrumento musical, y menos de un piano—, en las tazas de café sobre la mesa baja junto al sofá y en las decenas de vasos con líquidos de distintos colores que Laura no sabe identificar y que se reparten diseminados por toda la vivienda.

Han hecho el amor muchas veces esa noche. No las ha contado, pero está bastante segura de que superan las… cinco. Él no parece entender nada de anatomía femenina, y Laura lo prefiere así. Los gemidos que le regala son solo eso, un regalo y, como cualquier otro regalo, se quieren sinceros pero están envueltos en intereses y expectativas. Desean algo a cambio. Aunque Laura no está muy segura de qué es ese algo.

En parte se arrepiente de haber renunciado a la regla de verse solo en moteles, pero la sordidez del lugar compensa el acercamiento que supone haber entrado en la casa de él. Se la imaginaba distinta, la verdad, incluso teniendo en cuenta que no la imaginaba en absoluto. Cochambrosa, apestando a comida y a productos químicos que de vez en cuando parecen entrar en efervescencia y rozar lo infecto, tiene un no sé qué que la acerca a un estudio de artista o a un gabinete de curiosidades del siglo XVII. Pinceles de pelo de marta, coloristas manchas de pintura, lienzos envueltos en film transparente, agujas de punto dentro de un cuenco de arcilla de aspecto primitivo, móviles decorativos fabricados a base de ramitas y nudos de rafia, alfombras artesanales dispuestas sobre el suelo o enrolladas y apoyadas en la pared.

En el centro del muro más alto del salón se alza la cabeza de un ciervo blanco. El animal le recuerda a Laura a un fantasma, una presencia fantástica ataviada para una ceremonia vudú. A sus pies se desparraman flores secas y un par de latas de cerveza. Parecen la ofrenda de un borracho nostálgico ante la tumba de Jim Morrison. Ve también montañas de ropa sucia sobre cada una de las sillas del salón y restos de cocaína o speed sobre la encimera de la cocina, dibujando tres descuidadas líneas.

Procurando no hacer ruido, Laura camina sobre el —a ratos, pegajoso— parqué y sale a la terraza. Es uno de esos voladizos encajonados en un edificio de gran altura sin acabado alguno sobre el cemento. Una arquitectura industrial que emerge del pavimento como una monolítica torre de piezas de jenga y que acoge el mayor número de personas posible, tantas que prácticamente ninguna conoce el nombre de otra. Son pisos baratos, migajas de una gran ciudad dormitorio embutida entre vigas de hierro, en una zona apartada y bastante desprovista de servicios cercana a la autovía.

Laura nunca había pisado esa zona de la Ciudad. Desde la ventana, a gran altura, se ve el bosque que la rodea, extraño y familiar como las voces en la mente de un esquizofrénico. Pasea la mirada por las copas de los árboles. Es la misma masa verde oscuro que vemos en Google Maps, interrumpida por carreteras curvilíneas, un lago, un par de ríos y un único solar pavimentado, ocupado por una antigua cementera y una depuradora de agua. Sobre el perfil quebrado de los árboles emergen las nubes, solo perceptibles en las zonas cercanas a la luna.

Laura coge los dos billetes de cien euros que descansan sobre una caja de cartón junto a la cama, los sostiene a la altura de sus ojos y les prende fuego con un mechero pequeño. Los observa arder lentamente, retorciéndose en una coreografía que le recuerda, primero, a la danza contemporánea, y luego al ataque epiléptico que sufrió una compañera de clase cuando tenía cinco años.

Piensa en la niña, con el flequillo goteando sudor, los ojos inmaculados y el mentón salpicado de sangre, y sobre todo piensa en su marido, frío y doloroso como la punta de un iceberg rasgando la parte inferior de un barco confiado.

Se pregunta qué haría si la viera allí, en ese apartamento de atmósfera putrefacta, compartiendo sábanas con ese hombre extraño y brutal que ni siquiera le gusta.

Piensa que querría decírselo. Describirle cada gota de sudor con todo lujo de detalles. Pero la hipótesis de una reacción sosegada, o incluso inexistente, resulta terrorífica.

Tras arrojar los billetes por la terraza, la Conferenciante abandona silenciosa la casa. No quiere estar allí cuando el Pintor despierte.

XII

—Oye, me tengo que pirar. Las amigas de mi prima no la localizan, y estaba bastante afectada.

»A ver si va a tener un ataque de nervios, como mi madre.

»Algo de su novio, no sé. Cloe se decepciona enseguida. Si me acompañas hasta la bici te cuento un poco más. ¿Te ha molado el maquillaje? El eyeliner azul es lo más, tía. Cuando llevaba el pelo de ese color me lo ponía para salir de fiesta y quedaba que te mueres. Claro que te acuerdas, tía. Cómo no te vas a acordar.

XIII

El Pintor sale de su casa en la octava planta de un bloque de edificios de protección oficial a las dos y treinta y cuatro minutos de la madrugada.

Lleva su vieja Olympus 300, colgada al cuello, y una bolsa de cuero que contiene:

• Tres objetivos (ojo de pez, gran angular y teleobjetivo).

• Una navaja multiusos.

• Un teléfono móvil marca Huawei, modelo P8 Lite, recién comprado, que consulta constantemente.

• Una petaca con vodka en la que diluye una cantidad nada desdeñable de éxtasis, que según el Pintor es un «ingrediente imprescindible en su proceso creativo».

• Una bufanda de lana de estampado milrayas, en tonos cobre, con pequeñas quemaduras de cigarro, que pertenece a la Conferenciante.

• Un paquete de tabaco francés de importación.

Conduce hasta el cercano extrarradio de la Ciudad, cuya frontera está delimitada de forma bastante estética por el inicio de un extenso bosque de pinos que en verano se llena de amorfos y blanquísimos nidos de orugas procesionarias y que está atravesado por varias carreteras deficientemente iluminadas.

Después de caminar cerca de cuarenta minutos, sitúa el trípode sobre una superficie aceptablemente plana y se dedica a tomar las fotografías que servirán como base a su próxima serie pictórica. La cementera abandonada que se levanta allí —de tonalidades doradas esta noche, gracias a la superluna— será su protagonista.

Las imágenes de la cementera se van sumando a las doscientas setenta fotografías que ya ocupaban la tarjeta de memoria de la Olympus: áreas de servicio, gasolineras, discotecas en estado ruinoso y larguísimos tendidos eléctricos que se extienden oblicuos hacia el horizonte.

Satisfecho, piensa que es hora de volver a su apartamento. Pero algo llama su atención. Hacia el este, por encima de la gran masa de árboles que separa el núcleo urbano de la red de carreteras comarcales, una esbelta y cobriza columna de humo de aspecto tóxico disminuye su densidad conforme asciende.

El Pintor se pregunta si su existencia se debe a una de las colillas que ha lanzado sin apagar a lo largo del camino.

Sintiéndose interpelado por la mutante nebulosa roja —en parte debido a su llamativa plasticidad y en parte debido al efecto del éxtasis—, avanza hacia la columna de humo.

Sin embargo, hay cosas en el camino de los hombres y en el de los artistas: hay gloria, terror, vacío existencial, padres duros, madres perdidas. Y en el caso de Mike Montero, hay un hilo de pescar. Un hilo, atado en torno a dos árboles a ambos lados del pequeño sendero por el que avanza, que va a suponer el fin de su interés por la enigmática y humeante columna.

Lo siguiente es una caída aparatosa, de la que se levanta con un agudo dolor de costillas y un pequeño desgarro que constituye el germen de la hemorragia interna que acabará con su vida cuarenta y seis horas más tarde. Pero aún no siente el aliento de la Parca en la nuca, de modo que inicia el retorno hasta su camioneta. Allí da cuenta de su petaca hasta extinguir por completo su contenido. De camino a la Ciudad, se detiene en un célebre puticlub local, de fachada enladrillada y parpadeantes neones de color rosa, y paga cuarenta euros al encargado, de nombre Marco, para que una mujer de nacionalidad rumana que no desea estar ahí le practique una felación que, a pesar del efecto del éxtasis, no consigue llevarlo a ningún espacio sensorial no visitado anteriormente.

De vuelta en su apartamento, se tiende sobre unas sábanas algo ásperas, moteadas de semen y zumo de pomelo, intenta masturbarse sin éxito y se duerme abrazado al pañuelo sustraído a la Conferenciante. La ventana sobre su cabeza enmarca un cielo denso, asediado por las nubes, que privan a la Ciudad de los millones de estrellas que en Beratón, mucho tiempo atrás, podía ver con claridad meridiana.

XIV

—Bueno, mi madre falsa se fue poniendo cada vez más estrafalaria. Una cosa seria. A veces estaba bastante divertida, pero siempre acababa perdiendo el control y desbarrando, ya fuera hacia la histeria o hacia la depresión.

»Lo segundo ofrecía una calma falsa, lo más parecido a un remanso de paz a lo que se podía optar entonces. Acababa rogando para que le diera por la tristeza silenciosa y la inacción, y eso me hacía sentir mal. Pero era preferible a todo lo demás.

»Cuando viraba hacia la histeria le daba por emprender proyectos de todo pelaje dentro de la casa. Yo qué sé, mierdas. Pintó las escaleras de amarillo y plantó cactus por todas partes. Ya, pero no quedaba como te imaginas. También hacía unos veinte smoothies de fruta al día y compraba mogollón de superalimentos de esos carísimos. Semillas de chía y esas cosas. Y creo que se puso tetas.

No es coña. También tiró toda nuestra ropa y mis libros de texto porque, según ella, había que "soltar lastre".

»Al final llamé a mi padre, claro. Quería irme con él. A donde fuera. Qué va. Dijo que no era buena idea. Un gilipollas, sí. Y no te creas que hizo nada para ocuparse de mi madre. Mandó a los padres de Cloe, créetelo. Y ellos se ocuparon de todo. Obligaron a mi madre a ir al loquero y me acogieron en su casa. Aquí está mi bici. Sí, entonces fue lo del dedo. La madre de Cloe estaba un poco acojonada. Pensaba que todo aquel sindiós lo había provocado ella misma al decirle a su hija que era adoptada y que adivinara ella el resto.

»¿Que cómo lo supo? Tía, somos iguales. Y siempre nos han dicho que éramos primas. Si ella era adoptada, yo también. Ya ves. Muy poca cabeza. En fin, Cloe estaba superbién educada. Flipabas. Comía de todo, se ordenaba su cuarto, daba clases de piano y de equitación. No es que fuera repelente, era bastante guay. Hasta que llegué yo. A mí me dejaban hacer de todo; incluso salir por las tardes con una amiga de clase que había repetido dos veces. Íbamos al centro comercial y robábamos de todo, volvía como 50 Cent, llena de colgantes y pulseritas, y la madre de Cloe hacía como que no se daba cuenta.

»A los trece me hice unas mechas rosas y Cloe montó su primer pollo adolescente porque no la dejaron hacérselas. No sé. No querían que fuera como yo. Tenían otro proyecto para ella y todo se desbarajustó un poco. Total, un día volví de pasar la tarde con mi amiga. Eran ya las once y yo había bebido bastante.

»Catorce o así. Cloe estaba practicando con el piano del salón. Me acuerdo perfectamente de la canción: *Blue Moon*, de Billie Holiday.

»Sí, canta muy bien. Ya te digo, es bastante perfecta. En fin, había discutido con su madre porque no la dejaba ir a una fiesta de una tía de su clase. Una fiesta con chicos, eso sí que la perdía. Ella iba a un cole de solo chicas. Ya, muy fuerte tía. Total, que me senté a su lado en el piano y me puse a cantar haciendo gallos.

»*Blue moon, you saw me standing alone, without a dream in my heart, without a love of my own.* Sí, ja, ja, me la sé, me flipa Billie.

»A ella le hacía mucha gracia eso. Empezaba a tocar más deprisa y yo hacía los gallos cada vez más fuertes. Era muy divertido. A su madre le sacaba de quicio pero, estando yo de por medio, no decía ni mu.

»La cosa es que ese día Cloe no me estaba siguiendo el rollo. Pasaba totalmente de mí, concentrada en las teclas, con los ojos llorosos apretados y la nariz moqueando. Cuando me cansé de hacer gallos sin que me diera bola, empecé a tocar yo también el piano, aunque no tengo ni idea.

»La verdad, pensé que se acabaría riendo.

»De repente me miró, con una cara que yo no le había visto nunca, puso las manos sobre la tapa del piano y, ¡pum!, lo cerró de golpe sobre las mías. El meñique izquierdo no sobrevivió. Buah, no veas. Me sigue pidiendo perdón después de más de ocho años. Nah, a mí me da igual. Me sirve para entablar conversación. Y para ligar también, sí. ¿Contigo ha funcionado? Ya. Como todas.

»Me piro a buscar a mi prima, chica del eyeliner. Ten cuidado, que si te pasas de cantidad te caerán dos lagrimones azules.

XV

—Galería Charro, dígame.

—¿Sonia? Atenta, no vas a creértelo.

—¿Vicent?

—Sí, escúchame, nena.

—...

—El Pintor ha muerto.

—¿Cómo? ¿Cuándo ha pasado?

—Ayer por la noche, por lo visto. Acaban de encontrarlo en su apartamento, con un cuadro de su nueva serie sin acabar y un montón de cocaína pintada sobre un vinilo de los Beach Boys.

—¿Qué me dices? Pero, ¿cuál?

—Coño, no lo sé, Sonia. Mi favorito es el *Good Vibrations*, pero no me han dado tantos detalles.

—¿Qué?

—¿Qué?

—Vicent, cuál de nuestros pintores.

—¿Cuál va a ser? Mike Montero, nena. Mike «gasolineras», con los pies por delante, muerto de amor y con toda una serie sin exponer.

—Vaya. Menuda historia. Cuánto lo siento. Aunque su última obra es espantosa.

—Lo sé, nena, pero ¿no ves la oportunidad que se nos presenta?

—¿Oportunidad? ¿Qué oportunidad?

—Mira, bonita, hay que tener visión comercial, escúchame. ¿Cuál es el camino más rápido a la fama?

—No sé, Vicent. ¿Participar en un reality?

—No, Sonia; en el mundo del arte.

—Ah, bueno, no sé, en fin, ¿una performance con ketamina[6]? Algo con forma de polla. ¡Una polla en brazos[7]! Un plug anal en la plaza Vendôme de París[8].

---

6 En su performance *La guerra*, el artista Abel Azcona consume ketamina y deja su cuerpo dormido y drogado a disposición del público.
7 La artista francesa Louise Bourgeois fotografiada por Robert Mapplethorpe con su obra *Fillette* en brazos. *Fillette* parece una polla.
8 El artista americano Paul McCarthy instala su obra *Tree* en la célebre plaza parisina. La escultura es en realidad un enorme plug anal de color verde. Los ciudadanos rechazan de manera frontal su presencia.

¡Michael Jackson con su mono[9]! ¡¡Animales!! ¡¡Damien Hirst[10]!!

—Mierda, no te pongas nerviosa, nena. Mira, el camino más rápido a la fama es la muerte, ¿sabes? Una muerte truculenta y dramática. Nada mejor que un suicidio.

—Eso es muy noventas, Vicent. Te estás haciendo viejo. Y además, no sabes si se ha suicidado. ¿O sí lo sabes?

—Bueno, nena, de acuerdo, no sé si se ha suicidado. Pero estaba… en fin, encaja perfectamente dentro de ese perfil de artista torturado, ¿entiendes? Con sus peroratas sobre la soledad y su infancia arrebatada y su síndrome de Diógenes y las drogas y el amor, Sonia. El amor nos viene de perlas.

—No sé, no acabo de verlo, Vicent.

—Vale, nena, dame un momento. Deja que ponga bien esta miel en esa preciosa boquita tuya. Imagínate un artículo a toda página sobre Mike, ¿vale? Un artículo sobre el desamor que lo hizo enloquecer y toda su nueva

---

9 Otro rechazo general fue el sufrido por el artista Jeff Koons al regalar a París una escultura como homenaje a las víctimas de los atentados terroristas de noviembre de 2015. La obra es un buqué de doce metros de altura compuesto por tulipanes de colores chillones. Koons es también el autor de la obra *Michael Jackson and Bubbles*, en la que retrata al fallecido intérprete junto a su mono de compañía.

10 Damien Hirst es célebre por su uso de animales muertos en instalaciones artísticas. El artista ha sido duramente criticado por ecologistas y animalistas por, entre otras cosas, llegar a matar nueve mil mariposas para su exposición *In and Out of Love*.

obra que, sí, Sonia, es obsesiva y burda, pero es que así es el amor, obsesivo y burdo, ¿no? ¿Sonia?

—Joder, no sé. Si te digo la verdad, casi es un alivio que haya desaparecido. Se estaba convirtiendo en un tarado.

—Bueno, pues todavía mejor, ¿no crees? ¿Sabes cuánto se llega a pagar por un cuadro de Gacy?

—¿Gacy? No hemos tenido ningún Gacy en cantera.

—No, Sonia, Gacy, el payaso asesino, mierda, el tipo que enterró a un montón de chavales en su sótano y al que Johnny Depp compró obra mientras estaba en la cárcel. ¡Johnny Depp! ¿Te imaginas?

—Jonny Depp es retrasado y no ha hecho una buena película desde *Arizona Dream*.

—Bueno, nena, confía en mí. Nos vamos a hacer ricos. Montaremos una gran historia, venderemos toda la obra del tío Mike y el mundo será nuestro.

—Bueno. Vale.

—Por cierto, ¿te llevaste lo que quedaba de farlopa de mi casa, ayer?

—Sí, cariño. Pero no te preocupes, está a buen recaudo.

—¿Dónde?

—En mi nariz.

—Ja, ja, mierda, Sonia, menuda estás hecha. Me vuelves loco, ¿sabes? Escucha, cuando eras madero, ¿le dabas igual a la farla?

—No me gusta hablar de esa etapa, Vicent.

—Ya lo sé, mierda. Perdona, nena. Esta noche te llevo a cenar a nuestro peruano especial.

—Qué bien, pero, oye, espera, ¿tienes que colgar?

—Tengo que hacer algunos recados.

—¿Podemos hablar mientras tanto?

—Claro, nena. ¿Estás bien?

—Sí, es solo que, ya sabes, me gusta oír tu voz.

—Vale. ¿Quieres que te comente más a fondo mi plan para Montero?

—Me encantaría.

XVI

—No tengo muy claro por qué te grabo este audio. No sé quién eres, ni por qué hicisteis lo que hicisteis. No es que no me dé curiosidad, tenlo claro. Pero aprendí por las malas que hay asuntos que es mejor no sacar a flote. El muerto al hoyo y el vivo al bollo.

»Tampoco sé si estás muerta. No cambiaría gran cosa. No creo que llegue a saberlo nunca, desde luego no por voluntad propia. Siempre he mantenido una relación bastante estrecha con la búsqueda. Me he pasado la vida buscando y encontrando cosas. Alarmas fáciles de quitar, postes a los que pinchar la luz, joyas musicales ahogadas entre morralla con forma de oblea negra. Soy una experta en la prospección de la basura. Eso ya te lo he contado.

»También soy artista, eso también te lo he contado, pero no soy imbécil. Prefiero dedicarme a lo que se me da mejor. Mirar el mundo con ojos de buscador de oro, atenta a cualquier brillo imperceptible que destaque entre la mierda.

»Para las personas no tengo ese ojo. No me interesan demasiado.

»Respeto el deseo de búsqueda familiar de Cloe. Esa ansia por zambullirse en la incógnita total que rodea nuestro origen. La he acompañado en sus pesquisas cuando me lo ha pedido, pero mis aportaciones siempre se han reducido a, bueno, a comentarios sarcásticos. Cloe me dice que soy un poco nihilista. Lo dice con cierta admiración, no creas.

»Aquel recorte de *Diario 16* fue el jitazo de su proceso de investigación. Llevaba soñando con algo así desde que supo que nuestras madres no nos habían parido. Por fin la gallina había puesto un huevo de oro. "¡Son ellas, son ellas! ¡Esto nos lo ocultaron!". Yo me desligué de su entusiasmo. "Ese artículo es un jodido pozo", creo que le dije. "Y no precisamente de petróleo".

»Quiso llevarle aquello al novio de mi madre. El tipo le da al tarot. Vamos a pedirle que lo interprete. Una tirada rapidita. Yo no quise oír hablar del tema.

»Al tiempo llegó Dory y ella misma se olvidó del asunto. Cambió ese afán por descubrir sus raíces por la misión de construirse unas nuevas. Bien por ella, ¿sabes? Un par de adolescentes, probablemente secuestradas, seguramente homicidas, que nos abandonaron en un parque junto a un ciervo. Ahí se acaba nuestro árbol genealógico.

»Su madre adoptiva nos dio el VHS de *Mary Poppins* que dejasteis con nosotras. Eso y un papelito donde aparecían nuestros nombres. Menudo nombre friqui el mío, te debiste de quedar bien ancha. Cloe tiene su propia teoría. Eso no te lo he contado nunca. Se le ocurrió una tarde en el centro comercial adonde me acompaña a veces a pillar género. Ella distrae al segurata. Tiene cara de niña mona, melindrosa. Creo que los pone cachondos, y eso hace más fácil mi salida.

»Aquel día fue a mear y volvió con un brillo cándido en las pupilas. "¡Ven, mira!", decía. "¿Qué te apuestas a que nos tuvieron aquí?".

»¿De dónde crees que se sacó la idea? Pues de una mierda de pintada en la pared de un baño: "Cloe X Umberto". El nombre del chico había sido tachado luego con unas llaves. Y de ahí extrajo Cloe sus propias conclusiones. Cloe y X, X y Cloe. Un origen absurdo para un nombre aún más absurdo.

»Me vale, en realidad.

»Desde entonces, me ha arrastrado varias veces a esos baños para hacer uno de sus rituales. Le pueden esas movidas. La antigua pintada está ahora enmarcada por un montón de hiedras y floripondios de colores. Una vez hasta hicimos una ouija. Parece tonto, pero hacer ese tipo de cosas le sienta bien. Siempre ha querido encontraros, aunque adora a su madre falsa. Siempre que se iba de fiesta acababa hablando de lo mismo. En una rave en la cementera le dio un bajón y estuvo llorando como cuatro horas. Una colega le dijo que no se rayara tanto y Cloe casi la tira dentro de una cisterna. Una movida. Pero al día siguiente siempre todo guay. Quiere a su familia.

»A mí no me fue tan bien. Cuando mi padre adoptivo se marchó, a mi madre se le agotó el sueño del matrimonio ideal. Se despertó de aquello como de una siesta a deshora. Torcida, vaya. A veces, hasta violenta.

»No quiero que te sientas mal, la vida guarda sorpresas para todos. Creo que entonces le avergonzaba mi presencia. Yo era como un souvenir de su fracaso.

»Tuvo un par de crisis nerviosas bastante jodidas y me piré. A casa de Cloe. Unos pocos años, hasta que ahorré lo suficiente como para mudarme a mi barrio. Un barrio "del todo inapropiado" según la madre de Cloe, que aún me envía comida y pijadas de aseo cada vez que hace la compra en El Corte Inglés. Hambre no paso, que lo sepas.

»No sé dónde coño está ahora Cloe. No sé si puede haberse metido en problemas. No sé si tenemos antecedentes de locura, nunca me lo había planteado. Tal vez solo esté cabreadísima. Tal vez esté acojonada por lo que ha hecho y no quiera pasar por la humillación de volver a casa de Dory.

»Ha provocado un puto incendio, ¿sabes? El tipo estaba histérico, no creo que la cosa tenga remedio. No creo ni que me avise si ella aparece por allí. No sé por dónde empezar a buscarla. No está en su casa, no está en los jodidos baños del centro comercial, no está en la asamblea en la que debía estar.

»Este es el último audio que te grabo. Ya sé que siempre digo lo mismo. De todos modos, enviarlos es imposible, así que tampoco podría decirse que te esté molestando. Solo quiero que sepas que, si Cloe está en un lío, en parte es por vuestra culpa.

A cientos de kilómetros de la Ciudad, en la costa alicantina, Valeria y Miranda contemplan los últimos resquicios del atardecer filtrándose entre las nubes bajas que aureolan el mar.

Si pudieras verlas, X, con sus rostros de estatua bañados en luz anaranjada, sabrías que ellas no te pueden ayudar. Que solo te queda vagar por la Ciudad, mirar de nuevo el mundo con pupilas prospectoras. Tal vez te topes con Cloe en un paso de cebra, que a partir de entonces llamaréis el «cruce de la suerte». Tal vez responda de pronto al móvil. Tal vez acabe acudiendo a su cita. Tal vez consiga que su amiga vomite el peyote que la ha convertido en tan penosa sibila.

Esperemos que la tuya no sea una misión ingrata, X. Confiemos en que la inercia no sea tu única guía. Hay fuerzas ocultas en los resortes que dan cuerda a esta ciudad y a la búsqueda de tu prima perdida.

XVII

—Yo qué sé. Por lo menos, he adelgazado.

Ella le sostiene la mirada, impávida. Hace ya algunas semanas que dejó de responder a sus provocaciones. «La terapia no es un ring, querida». «Yo no soy un boxeador al que debas derrotar, querida». No entiende a qué viene tanta metáfora pugilística. Está bastante segura de que esa mujer no ha visto un cuadrilátero en su vida.

Trata de imaginarla embutida en unas rutilantes mallas de luchadora mexicana. La ve sonriendo a través del protector bucal mientras ataca su abdomen con certeros ganchos de derecha. No tan certeros como los de las pastillas. Eso sí que son buenos puñetazos. La primera dosis la vomitó al cabo de unas cuantas horas de ardor y sudores fríos. Ya la habían advertido sobre la virulencia que podían alcanzar los efectos secundarios al inicio del tratamiento. Pero aquello se parecía más a una paliza que cualquier paliza que nadie hubiera podido recibir. Era el dolor con su mejor ropa de domingo, listo para deslumbrar.

Lo de adelgazar lo ha dicho para incomodarla, pero no por eso es menos cierto. Cuatro kilos en una semana. Esas píldoras rosas te cosen la boca del estómago con la misma dedicación con la que tu abuela te cosía los dobladillos de la falda para el primer día de clase. No cabía entre las puntadas ni una mísera hormiga al borde de la inanición.

Haber perdido esos kilos supone una lisonja un tanto grotesca en medio de tanto pesar. Un guilty pleasure con acento en el guilty pero innegables carantoñas al pleasure. Adelgazar, precisamente. Llevaba meses intentándolo. La dieta del kiwi, la dieta del plátano, la dieta de la anfetamina.

La chica no debía de pesar ni cuarenta kilos cuando pasó «lo de la terraza». No quiso enterarse de los detalles de la autopsia, aunque habría tenido acceso de haberlo solicitado. Desconocerlos le hace seguir rizando cábalas sobre los kilos exactos que arropaban aquellos huesos infantiles. Sobre cómo de muerta se puede estar antes de morir. Sigue llamándolo «lo de la terraza», pese a que la doctora Serrano siempre la invita a ser más concreta. Al menos, ya no lo llama «el incidente». No es poco. «Situarlo en el espacio constituye ya un avance, querida. Pero vas a tener que calzarte los guantes y enfrentarte de lleno al trauma».

A lo que se niega en redondo es a hablar con él. Ni siquiera entiende ese consejo. «Exorcizar los demonios, querida, implica superar muchos asaltos».

—Pues ese asalto habrá que saltárselo. En serio, ¿seguro que hace falta pasar por todo este proceso? No me refiero al encuentro con Pablo. Eso está descartado. Me refiero a lo de las pastillas. Estoy segura de que tenéis una fórmula milagrosa. Tal vez tú no la tengas. Pero alguien ha de tenerla. Como el diseño de esa bombilla que nunca se funde, ¿sabes? A su inventor se lo cargaron. —Hace un gesto con el dedo índice, un tajo invisible que abre en canal su garganta—. Obsolescencia programada. Ni siquiera a nosotros nos dejaban investigar esas cosas. Las farmacéuticas son muy poderosas. ¿Por qué vender la solución definitiva a un problema si puedes endosarle a un paciente un tratamiento de por vida?

«La venlafaxina no es un tratamiento de por vida, querida». A la doctora Serrano se le está agotando la paciencia, como siempre que se acercan a los cincuenta minutos de sesión.

Antes de marcharse, intenta destensar un poco la cuerda. Al fin y al cabo, necesita volver allí cada martes y también contar con su apoyo telefónico; la doctora Serrano está siempre al otro lado de la línea cuando eso sucede. Si se las apaña para marcar su número, claro.

Desde que toma las pastillas, la *cosa* pasa solo un par de veces al día, le concede. «Claro. Es la dieta de la venlafaxina, querida. Nunca falla». Por una vez, deja al margen las alusiones al mundo del boxeo.

En la horquilla temporal que abarca las próximas horas, emboscada entre la maleza de la rutina laboral, aguarda paciente una de esas veces.

La ve cuando ya es demasiado tarde, como es la norma. Como una bola de nieve que rodara hacia ella por la ladera de una idílica montaña. Todavía lejana, casi imperceptible, pero ya inevitable. Un alud anunciado que la alcanza siempre. El estómago aún le da guerra, retorciéndose al son de la danza macabra de la venlafaxina. Trata de desviar su atención hacia las manos. Estudia las uñas mordidas, infantiloides, subrayadas por pellejos de piel enrojecida. «Intenta concentrarte en alguna parte de tu cuerpo, querida. Mantén una respiración pausada y cuenta en voz alta, si puedes. Eso le dará el golpe de gracia al asunto». Ahora es la propia doctora quien utiliza un término vago: el «asunto», como si no estuvieran hablando de una niña de quince años. En otras circunstancias, le haría gracia. De hecho, le hace gracia. Siente algo parecido a una risa estrangulada que brota de su garganta.

Mira ahora sus manos, igual que vosotros miraríais las vuestras durante un mal colocón: rebuscando en ellas un nexo fiable con la realidad. Pero no hay suerte, ¿verdad que no? Tal vez podrían pasar por las de alguna conocida relativamente próxima, una tía o una prima lejana. Pero, desde luego, no son las suyas. La piel le resulta tan ajena que tiene que apartar la vista. Pero ánimo, mujer. Probemos con otra cosa. Tal vez esos cuadros que cubren las paredes, esos cuadros que ella misma se ha encargado de colgar. La verdad es que tampoco resultan especialmente reconocibles. No es que hayan cambiado, claro. Nada ha cambiado. ¿Cómo demonios podría cambiar? Pero esa certeza de continuidad colisiona con otra, igualmente contundente, como los parachoques de dos camiones en una monster jam americana. Es una turista de su propia realidad. Sin mapas ni nativos de disposición afable a los que preguntar. Todo a su alrededor la ha acorralado y reducido al papel de recién llegada. La caja registradora, las láminas y el flexo con su luz marchita son solo copias grotescas de los originales, como los peluches de Mickey Mouse que hacen llorar a los más pequeños en los comercios chinos. Son objetos de una familiaridad taimada.

Entonces, con ella como todo público, hace su aparición estelar. La *cosa*. Su cuerpo parece todavía más exiguo. ¿Treinta y cinco kilos? ¿Treinta y cuatro? ¿Puede ese manojo de huesos hacer más ruido al caer que un rascacielos? ¿Puede embestirla con la fuerza de un autobús de dos pisos?

Por suerte, esta vez no va a comprobarlo. El sonido del teléfono va a postergar el flagelo durante algunas horas. Sucede pocas veces, pero sucede, que el mundo real le regala un inesperado chaleco salvavidas. Mira el aparato. La *cosa* ya se aleja, como un ridículo muñeco de goma amarrado a una cuerda de puenting. Un monigote de pelo azul y zapatillas Converse desabrochadas que se asoma a su universo un par de veces al día para ser después reclamado por las alturas.

Apoya el teléfono en el lado derecho de su cara.

—Galería Charro, ¿dígame?

—¡¡¡CLOE LES SEÑALARÁ EL LUGAR!!!

—Joder, qué puto susto.

—Tía, Ana, céntrate.

—Sujétala, está flipadísima.

—¡¡Cloe les señalará el lugar con fuego!!

—De verdad, a mí me va a dar un síncope.

—¡¡Fuego, hermanas!! ¡¡Fuego y gasoil!! ¡¡Fuego y gasoil!! ¡¡No habrá paz para los malvados!!

—Joder, ¿eso no es una película?

—¡¡¡Las luces azules se los tragarán para siempre!!!

—Sí, de José Coronado.

—Luces azules y José Coronado… Menudo viaje más friqui.

—Por lo menos, le está volviendo el color.

—Por favor, que se le pase. Queselepasequeselepasequeselepase.

—Qué coñazo estás dando, Sara.

—Sí, joder, líate un pitillo y cállate.

—¿Todas las asambleas feministas son así?

XIX

«Caminar es una forma de resistencia política».

Recuerda haber leído eso en alguna parte. Probablemente en casa de su madre.

A ella y a su falso padre les pirraban esas divagaciones pequeñoburguesas. Caminar es una forma de resistencia política; el silencio es una forma de resistencia política; tomar café es una forma de resistencia política. Tal vez, robar maquillaje de marca y despacharlo a estudiantes de Bellas Artes sea también una forma de resistencia política. Tal vez podrías ampliar un poco el abanico de consumidores vendiéndolo así. Casas okupas a reventar de sombra de ojos de Maybelline y eyeliners de L'Oréal en nombre de la revolución.

Una sonrisa socarrona asoma en sus labios al acariciar ese pensamiento. Es posible que caminar sea una forma de resistencia, pero preferiría que fuera una forma de encontrar a Cloe. Son ya tres eternas horas deambulando por una Ciudad que comienza a agotar sus límites y que parece reírse de ella.

El sudor le ha abierto los poros y el humo de los tubos de escape de los coches se le cuela dentro sin preguntar. La Ciudad entera se ha convertido en un ajustado mono de contaminación y alquitrán que le ciñe el cuerpo.

El descolorido tatuaje que se hizo junto a Cloe el primer verano que fueron a Ibiza —un smiley en monopatín— escuece como una herida recubierta de sal. Los ojos de X repasan su contorno. Parece estar inflamándose, cobrando relieve. Late bajo la dermis como víctima de una reacción alérgica. ¿Puede haber tocado una pavía?

Hace años, en una rave, a Cloe se le pusieron de pronto el cuello y la cara como un globo aerostático. Todas pensaron que le estaba dando un cuajo por la droga. Intentaron hacerle vomitar las rulas, pero la garganta estaba tan hinchada que ninguna acertaba a introducir los dedos dentro.

La llevaron a urgencias en un coche prestado, viendo la carretera doble y luego triple y luego sin ver prácticamente nada. Al final resultó que había sido una pavía. La había cogido de un árbol y se la había comido, así, sin más.

«Algunas alergias aparecen así, de repente. Ha tenido mucha suerte».

X se pregunta si el tatuaje de Cloe estará teniendo la misma reacción. Si es posible que ambos funcionen como dos portales a un mismo túnel de comunicación... Es la clase de ridiculez que diría su prima.

Años después de lo de la pavía, X se negó a hacer una ouija para invocar a sus madres perdidas. «Lo siento, tía, pero es una idiotez. Me siento muy friqui cuando hacemos ese tipo de cosas». Cloe no dijo nada. Solo se alejó hasta la nevera, caminando de forma casi ceremoniosa. Abrió la puerta, sacó una pavía y comenzó a cortarla. Despacio. En silencio.

«De acuerdo, joder, una ouija siempre entra bien a estas horas».

Definitivamente, la Ciudad está a punto de expirar. Frente al cuerpo de X, extenuado por la caminata y el escozor, se yergue por fin el bosque que marca su frontera. Solo quedan abiertos un McDonald's y algunos garitos de noche desperdigados por los alrededores.

X se acerca al McDonald's. El grotesco smiley la observa desde su brazo, adquiriendo una tonalidad cada vez más granate. Deberías ponerte algo ahí antes de que tu piel combustione, X.

—Pavas, ¿una farmacia de guardia por aquí?

Clara, una de sus clientas fijas de maquillaje, trabaja allí de nueve de la noche a tres de la mañana. No sabe dónde hay una farmacia de guardia. Sabe otras cosas.

—Tu prima ha estado aquí.

—¿Qué?

—Tu prima, la de Antropología, ha estado antes aquí.

—Tía. Mi prima es vegana.

El tatuaje pica cada vez más.

—En serio, ha estado aquí y se ha comido un montón de hamburguesas, tirada ahí mismo, junto a la farola.

X mira en la dirección indicada. Una pequeña montaña de amarillentos envoltorios de hamburguesa tiembla agitada por la brisa. Sobre la farola, perdiéndose en el horizonte, se eleva una sobrenatural columna de humo rojo, alzándose sobre la Ciudad como una especie de Nosferatu de dibujos animados. El picor del tatuaje se zambulle en el umbral del dolor como un nadador olímpico.

X se despide de Clara y comienza a caminar hacia el bosque. Sigue las coordenadas que le señala la gran columna de humo rojo.

El tatuaje se reconcilia de nuevo con su piel.

XX

CJ
nanos, el spiz no lo encuentro 22:26

AM
sta en la guantera con lo otro 22:27 ✓✓

AB
coge tambien toallas pa cnd salgamos 22:27

CJ
Lo ten 22:29

DG
corre lobito k t ganamos la apuesta 22:30

CJ
N hablar. ese chocho m lo streno yo 22:31

AM
tu tercero komo mucho 22:34 ✓✓

CJ
se ve x aki humo d una hogera 22:35

AB
igual hay raveritas 22:35

DG
no hace falta buskr zorras
k salen solas bajo las piedras jjjj 22:36

XXI

—Ahora, si me lo permitís, quiero que hagamos un experimento juntos. Necesito que cojáis lápiz y papel y que penséis en un recorrido que hagáis habitualmente. De casa al trabajo, por ejemplo. O de casa a la farmacia, o al Dunkin' Donuts más próximo, ese no es el asunto. —Risas—. Aquí nadie quiere juzgaros. Quiero que dibujéis un mapa de ese recorrido y que señaléis los edificios y los parques y plazas que atravesáis. No necesito saber el nombre de las calles. Ni siquiera necesito que sea un trayecto real, siempre que, durante un rato, nos permitamos fingir que lo es. Bien. Con cinco minutos será suficiente.

»¿Habéis terminado? De acuerdo. Sí, por favor, pásame esos folios. Veamos qué tenemos aquí.

»Sí, esto es exactamente lo que buscaba.

»Muchas gracias a todos. Veo que, en la mayoría de vuestros mapas, alguno de los edificios ha sido marcado con el mismo símbolo: una cruz. ¿Podríais decirme qué señalan estas cruces en cada uno de los mapas? ¿Quién quiere empezar? Veamos, sí, tú misma, ¿cómo te llamas? De acuerdo, hola, Jessica, ¿qué puedes contarnos sobre tu cruz? Entiendo; así que tu cruz señala tu casa, el lugar donde vives. ¿Podemos decir que es el lugar más importante del mapa? De acuerdo. Esta otra cruz que veo aquí ¿de quién es? Adelante, por favor. Perfecto, una farmacia. ¿Entendéis adónde quiero llegar? ¿Y esta cruz? Con esta creo que puedo aventurarme, se trata una cruz sin edificios colindantes, es un cementerio, ¿verdad? ¿Estoy en lo cierto? Perfecto. ¿Y alguien ha usado la cruz para señalar una iglesia? Claro, es perfectamente natural. Pss, pss, callad un momento y escuchadme. El mundo, nuestro mundo, está plagado de símbolos, de signos que se supone deben facilitar nuestra comunicación; pero, como hemos visto, a menudo juegan en nuestra contra. ¿Y por qué sucede esto? Porque todos esos símbolos son una creación humana, y entre los humanos no es muy frecuente el consenso, ¿verdad? Lo que quiero decir es que los símbolos son de todo menos inocuos. Detrás de cada uno hay una persona, un cerebro pensante obrando en función de unos determinados intereses y un background concreto. Aquí todos pertenecemos a un círculo similar y, sin embargo, mirad cuántos significados distintos hemos recogido para un mismo símbolo. Una misma imagen, cientos de posibilidades. Ahora que sabemos esto, podemos continuar con nuestro juego. Quiero que deis lo mejor de vosotros. Usad vuestra imaginación. Podéis escribir vuestras respuestas en el folio timbrado que tenéis sobre la mesa. Silencio, por favor. Vamos a empezar. Y la pregunta de examen es: «¿Por qué está Cloe prendiendo fuego a ese coche?» Tenéis veinte minutos para contestar.

LA VERDADERA HISTORIA DE LA FORAJIDA LUCY CLARK

(*entreacto*)

Para llegar a Tonopah, un pequeño pueblo minero ubicado entre Reno y Las Vegas, deben atravesarse cientos de kilómetros de desierto circulando por la Veteran Highway, una larguísima autopista cuyos tramos están dedicados a los distintos grupos de veteranos de las guerras imperialistas de EE. UU. Hay un tramo para Corea, otro para el golfo Pérsico, otro para Vietnam y otro para «los veteranos de la guerra global contra el terror», una forma de referirse al conflicto que inició el propio gobierno estadounidense cuando armó a los muyahidines en Afganistán. Yo he recorrido estas alfombras de alquitrán de cabo a rabo, poniendo todo mi inglés macarrónico al servicio de mi necesidad de encontrar respuestas.

Como muchos otros asentamientos similares, Tonopah fue fundado por una pareja de buscadores que hallaron una mina de plata en medio de la árida e inclemente Nevada. Y como la mayoría de todos esos asentamientos, hoy no es más que un puñado de casas aisladas en la interminable llanura. Además de serpientes y tornados de arena, en el desierto encontraremos un buen número de recintos destinados a pruebas militares, actualmente señalizados.

Concretamente, Tonopah se sitúa a unos 150 kilómetros de Groom Lake, también conocido como Área 51. En esta y otras zonas similares se experimentó con energía nuclear para la creación de bombas atómicas. Durante un tiempo, estas superarmas de destrucción masiva se intentaron legitimar y casi convertir en iconos pop a fuerza de merchandising infantil. Los laboratorios atómicos, por ejemplo, fueron el juguete estrella de las navidades de 1943 (aunque a la postre resultaron ser peligrosos y fueron retirados del mercado).

Algo que da una imagen muy certera de cómo se relacionaba entonces el ciudadano estadounidense con la energía nuclear son los nombres con los que se bautizaron las bombas lanzadas sobre Hiroshima y Nagasaki. Little Boy y Fat Man parecen nombres más apropiados para los personajes de una inocua serie de dibujos animados, y sin embargo llevaron la muerte por radiación y enfermedades derivadas a más de doscientas cincuenta mil personas.

Pero vamos de una vez al grano. Justo en mitad de este pueblo minero en mitad de zonas asignadas al Ejército en mitad del desierto de Nevada en mitad del Oeste americano, hay un establecimiento que se anuncia como «hotel encantado»: es el Mitzpah Hotel. También hay bares con vaqueros —unos muy dignos y otros muy borrachos— y unas cuantas casas abandonadas que aún tienen los libros abiertos sobre la mesa. Uno de esos bares pertenece a Lucy Clark, cuyo verdadero nombre es Lucía Casterad.

Miradla, es una mujer madura, tiene el rostro algo amarillento por un principio de cirrosis y apergaminado por el sol y el humo de los puros que ella misma vende tras la barra. Lucy llegó hace casi dos décadas a Tonopah, hablando un inglés más que deficiente y sin un lugar donde caerse muerta. En Norteamérica, a la gente de las zonas rurales, al contrario que a la de las grandes urbes, les incomoda sobremanera ver a extraños vagabundeando por sus calles y durmiendo en sus aceras. Además, Lucy Clark tenía la suerte de ser una mujer guapa. Una mujer guapa con una belleza que inspiraba temor y compasión a partes iguales. Como la Virgen de los Siete Puñales. Los ojos vidriados de lágrimas y surcados por cientos de diminutas venas como serpenteantes ríos de sangre hiriendo la nieve.

Nadie le preguntó de dónde venía. Estaba claro que el andar de Lucy era el andar de los que huyen, y en los asuntos de quienes huyen es mejor no entrometerse. Tras algunos cuchicheos entre los vecinos, el dueño de uno de los cuatro bares de Tonopah le ofreció un puesto de camarera a cambio de un mísero sueldo y un pequeño colchón con alguna que otra chinche en el almacén. Bueno para Lucy, mejor para todos. Ella se mantuvo discreta y trabajadora, aprendió el oficio y el idioma y pronto una de las casas abandonadas fue reformada y aclimatada entre todos los vecinos para que Lucy se convirtiera, de forma legítima, en habitante de Tonopah. A los americanos de pequeñas localidades les gusta unir fuerzas para sacar adelante causas comunes, y más aún si tienen que ver con mantener a salvo su comunidad. El gobierno les ofrece tan poca ayuda que se han acostumbrado a organizarse para mantener en buen estado sus calles, su alumbrado y sus fachadas, y, en este caso, Tonopah decidió mantener también en buen estado a Lucy Clark, como si se tratara de una farola o una boca de riego. Nadie, jamás, ni aún con la confianza que otorgan el paso de los años y las docenas de borracheras compartidas, le ha preguntado a Lucy de qué huía cuando llegó a Tonopah. Nada de eso importa. En Estados Unidos cada renglón torcido tiene derecho a enderezarse y a probar suerte todas las veces que pueda permitírselo, siempre que no espere nada de nadie ni asome su cabeza por una propiedad privada ajena.

La teoría más popular, aunque escasas veces comentada, es la de que se trata de una mujer maltratada que abandonó la casa conyugal para no regresar jamás. Los más noveleros piensan que tal vez la pequeña y curtida Lucy Clark dejó atrás el cadáver aún caliente de algún marido tras haberlo despachado como solo saben hacerlo las amas de casa, con un veneno letal en el guiso del mediodía o con un golpe seco de la plancha en la cabeza. Sin embargo, la verdad es que Lucy Clark no ha matado a su marido. Ha matado, eso sí, a un generoso número de hombres en un pequeño pueblecito de Soria en el que las estrellas se ven de forma tan nítida como en Tonopah.

A Lucy Clark le gusta beber. Le gusta beber más que a ti y que a todas las personas que conoces juntas. Ya le gustaba antes de recalar en Tonopah sin más equipaje que una mochila llena de bragas y paquetes de tabaco y un libro de Anne Perry en castellano que había robado en un área de servicio de Reno. Y le seguirá gustando beber el resto de una vida que, precisamente a causa de esa pasión por el alcohol, no va a ser tan larga como a todas nos gustaría.

De todas las cosas que le aporta la embriaguez a un ser humano, solo una le disgusta a Lucy Clark, y no es ni el dolor de cabeza ni las arcadas. De hecho, Lucy Clark encuentra cierto encanto en las terribles mañanas tras una buena borrachera, en la boca pastosa y la jaqueca galopante. Le gusta sentir su cuerpo como una maraca rota o una discomóvil averiada, y pasar el día entero en la cama, con sus gatos lamiéndole el pelo y jugando con sus pies bajo la sábana. Hay algo que dice mucho de Lucy Clark, y es que el dolor físico causado por el alcohol es tan adictivo para ella como la propia bebida que lo causa. Una buena resaca, en el caso de Lucy Clark, tiene un componente funcional; la agudeza de sus síntomas derrota a su cerebro, usualmente hiperactivo, y le impide pensar en esa otra cosa, esa cosa que odia del alcohol y que tanto miedo le da: la desinhibición. Y es que la desinhibición lleva a no medir las consecuencias y no medir las consecuencias lleva a la falta de autocontrol y la falta de autocontrol puede llevar, de forma extremadamente peligrosa en su caso, a la sinceridad. Y la sinceridad es una cosa con la que Lucy Clark debe tener especial cuidado, un impulso que acecha entre los setos y que se acerca sigiloso y letal en cuanto una se encuentra lo suficientemente a gusto.

Es por eso que, desde que llegó a Tonopah, Lucy Clark ha procurado ser una muy buena vecina, pero nunca nada más que eso. Ha rechazado con amabilidad a todos los varones que se le han acercado con pretensiones románticas (asunto que le ha resultado muy sencillo, porque Lucy Clark, entre otras cosas, es lesbiana) y ha procurado conversar con cautela y sin adentrarse en terrenos demasiado personales. Ella respeta a Tonopah, y Tonopah la respeta a ella y respeta sus secretos. Hoy, sin embrago, todo el pueblo anda algo revolucionado. Por primera vez, Lucy Clark —ya casi una anciana de movimientos quejumbrosos— ha recibido una carta. Todos han visto cómo el cartero, que pisa Tonopah todos los miércoles, se acercaba hasta su buzón y dejaba un sobre amarillo con tantos sellos como arrugas surcan las mejillas de Lucy Clark. Y todos han visto cómo ella se asomaba a la ventana, apartando la cortina de pequeñas flores color beis, para luego abandonar la casa y caminar con inusitada rapidez hasta la entrada.

Lucy Clark abre la carta y su rostro se tensa como el de un ciervo en un claro desprotegido del bosque. En la parte superior del papel hay un número de teléfono español. Y en la parte inferior, solo dos palabras, claras y sobrecogedoras como el firmamento de Tonopah: «Están vivas».

Y es cierto. Las hijas de Lucy Clark están vivas.

Lucy Clark fue, antes de propietaria de un bar de Tonopah, camarera de ese mismo bar de Tonopah; y antes de camarera, polizón en un barco portugués con destino a México. Hasta que llegó a Portugal, Lucy Clark nunca había salido de España; es más, nunca había salido de Soria ni del pequeño pueblo que la vio nacer y al que ella se encargó de salvar de la violencia con más violencia.

Cuando Lucy Clark aún era Lucía Casterad, Beratón era un lugar similar a cualquier otro lugar de España, solo que más pequeño y de cielo más limpio. Los hombres trabajaban en el campo y las mujeres en la casa. Y en el campo. Y luego otra vez en la casa. Y Lucy Clark era entonces una joven de belleza convencional, serena y sin aspavientos. Ni en Beratón ni en ningún otro lugar de España, por limpio que fuera su cielo, era una opción ser lesbiana. Lucy Clark ni siquiera sabía de la existencia de esa palabra, pero estaba bastante segura de que inventarse otra para lo que sentía —cuando veía a sus amigas agachadas arrancando las malas hierbas que amenazaban las tomateras recién sembradas— no le traería nada bueno. Así que Lucy Clark se casó con el hombre menos vanidoso que encontró y se preparó a pasar el resto de sus días sin pasión pero sin agravios, dejándose hacer de vez en cuando por aquel hombre que, a pesar de no despertar en ella nada más llamativo que una ternura familiar, nunca le resultó una carga ni una decisión de la que arrepentirse.

Lucy Clark y aquel hombre tuvieron dos hijas de caras pecosas y ojos inmensos y cálidos como panes de hogaza recién sacados del horno, y aunque Lucy Clark nunca había mostrado interés alguno por ser madre, pronto se enamoró de la sensación de ser indispensable y aprendió a cuidar de aquellas niñas, enseñándolas a caminar con paso firme para ahuyentar a las serpientes y fingiendo no darse cuenta cuando se pegaban entre ellas.

Así que Lucy Clark fue, en líneas generales, una mujer que supo hallar la felicidad en una vida que, de algún modo, no era la suya. Y el tiempo, que siempre se encarga de recordarnos de qué pasta estamos hechos o de qué pie cojeamos o de qué guindo nos hemos caído, no iba a tardar en demostrárselo. Porque el destino de Lucy Clark no era el de la apacible y sosegada madre de familia en la que se había empeñado en transformarse. Lucy Clark tenía una misión, y esa misión descendía hacia ella a toda velocidad y con las garras abiertas de par en par, como descienden las aves rapaces sobre las confiadas liebres que dormitan bajo el sol.

Además de un antiguo pueblo minero y un lugar al que huir si sabes compaginar el trabajo y la discreción,

Tonopah es uno de los mejores emplazamientos de los EE. UU. para observar las estrellas. Es lo que dice la web de astronomía www.stargazers.com. A esa virtud casi romántica se suma el hecho de estar situada a medio camino entre Reno y Las Vegas, los dos destinos más visitados de Nevada y usuales paradas en las rutas de los grupos de moteros que cruzan el país para acabar llegando, por el norte o por el sur, a la dorada California.

Esta confluencia de valores tan dispares lleva a que, de vez en cuando, se junten en el pequeño pueblo fanáticos de la carretera y las Harley Davidson y expertos en astronomía de todo el país, que acuden a comprobar de primera mano lo espectacular de las noches de Tonopah. Aunque es un turismo bastante particular y, desde luego, muy alejado de lo masivo, su existencia ha supuesto una cierta entrada de capital que ayuda a mantener Tonopah habitado, aunque su censo nunca suba de las doscientas personas. Un par de hoteles y dos hostales son suficientes para albergar a cada viajero que pisa el pueblo, ya esté ávido de la libertad de la interminable red de carreteras estadounidenses o del brillo de uno de los firmamentos más inmaculados de eso que los usurpadores ibéricos tuvieron a bien llamar «Nuevo Mundo».

Hay que decir que, además de contar con un personal atento pero parco en preguntas, cada uno de los alojamientos de Tonopah juega a un juego distinto para conseguir la mayor cantidad de huéspedes posible. El hotel de mayor capacidad, el Mitzpah Hotel, se anuncia como «encantado», y parece ser que su fantasma constituye una presencia sobrenatural al uso, concentrada en hacer caer algún que otro espejo y divertirse toqueteando los interruptores. El gerente del Mitzpah Hotel, fiel lector de Stephen King y demás literatura de misterio de tapa blanda, rivaliza así en clientes con el segundo hotel del pueblo, el Motor Inn, el predilecto de los moteros por su bar de música rock y sus grandes raciones de comida americana a precios asequibles.

Pese a los éxitos cosechados por el Mitzpah y el Motor Inn, el hostal del que más resultados se obtienen en Google es el Clown Motel, ubicado en el extremo sur de la calle a cuyos lados se levanta el pueblo. Los dueños del Clown Motel son una pareja de mediana edad con una exhibicionista pasión por los payasos, con dibujos de los cuales se halla decorada cada habitación del motel. La oficina del Clown Motel, donde reciben al viajero, está atestada de figurillas, peluches y pequeñas ilustraciones de payasos enmarcadas, la mayoría de ellas traídas por visitantes que acuden a Tonopah ya sabedores de la curiosa idiosincrasia del motel. A pesar de convivir con más de quinientas presencias payasiles y de tener un cementerio en el patio lateral del motel —una coincidencia que hace las delicias de los huéspedes más propensos al entusiasmo—, los propietarios del Clown son absolutamente encantadores y de amable y variada conversación.

El último hostal, situado enfrente del Clown, no tiene nada de particular. Se trata de un establecimiento en forma de ele y dividido en dos alturas, como es usual en los Estados Unidos, con suelos de moqueta rancia y cortinas sobadas y raídas. El dueño, un joven con doble nacionalidad pakistaní y estadounidense, cocina por la noche aromáticas cazuelas de pollo al curry que despiertan el apetito de los huéspedes, especialmente el mío. Porque yo —¿te habías olvidado de mí?— me alojo en este hotel o, de manera más concreta, este hotel, y todo lo que lo rodea, se aloja en mí. Y desde esta posición, que comenzó siendo privilegiada y activa pero desde la que ya solo puedo ser testigo, debería informaros de algo: Lucy Clark acaba de abandonar su hogar, en plena noche, vigilada solo por los millares de estrellas que agujerean el cielo convirtiéndolo en una bóveda ametrallada y rellena de plata; y ahora se desliza en su pickup color granate por la arteria principal de la Veteran Highway hacia un destino desconocido.

Lucy Clark no quiere hacer esa maldita llamada desde Tonopah.

No va a desparramarse emocionalmente sobre esas calles en las que ha conseguido mantenerse tan discreta.

Durante muchos años pensó que a sus niñas se las había llevado el diablo, que el dios vengativo del Antiguo Testamento era tan real como sus manos y pies y se había tomado su justa venganza arrebatándole lo que más quería. También ella había arrebatado la vida a muchos hombres. Hombres a los que había visto recitar el padrenuestro, además, con las rodillas firmes y el semblante concentrado, aunque pocos coincidieran con lo que ella entendía como un buen cristiano. No recordaba el número, pero sí las pequeñas cruces de cobre que muchos llevaban colgando del cuello. Su marido también tenía una de aquellas cruces, perenne sobre su pecho amplio y amable, y a ella se agarró como un niño durante los dos eternos meses que duró el cáncer de páncreas que acabó con él.

Lucy Clark también recordaba lo que algunos de aquellos hombres habían hecho a sus esposas o a sus hijas o a otras mujeres. Estaba bastante segura de que pagaron justos por pecadores y de que algún hombre bueno había caído junto a aquellos bellacos. Y a pesar de todo, a pesar de la flecha que Dios le había lanzado, que en su trayectoria la había despojado de sus dos pequeñas y de sus ganas de vivir, pensaba que todo había merecido la pena. Ni siquiera sabía, a estas alturas, si en el saldo que arrojaba su pasado figuraba como una vengadora cargada de razones o como una serial killer zumbada e insaciable. Solo que ninguna mujer de Beratón —al menos en los meses que ella tardó en abandonar el pueblo— había vuelto a ahogarse en lágrimas o a maldecir su suerte.

Excepto ella.

La teoría del diablo comenzó a perder fuste al cabo de unos cinco años. Hasta entonces había valorado lo sobrenatural como una opción. Pero el paso del tiempo y el cambio de aires habían devuelto casi todos los tornillos a su sitio, y el resultado, en lugar de una esclarecedora racionalidad, era el desconcierto. No solo el destino de sus hijas la ofuscaba; también su propia actitud: era una mujer apegada a la sensatez y a lo plausible, que había preferido contraer matrimonio con un hombre bueno al que no amaba que atreverse siquiera a soñar con abandonar Beratón para buscar el amor en los brazos de una campesina (una campesina como ella, con la que mudarse a una recóndita cabaña frente a la que plantarían patatas y rábanos). ¿Cómo había podido sucumbir ante la ignorancia y la superchería?

Descartados el diablo y el castigo divino, solo quedaban tres opciones:

Que sus hijas hubieran sufrido algún tipo de accidente fatal en el bosque que rodea Beratón, cosa improbable siendo dos y teniendo en cuenta que nunca se encontró ningún cadáver —de mujer— en la zona.

Que se hubieran marchado por su propia voluntad: un pueblo sin hombres es un lugar pacífico y tranquilo en el que vivir, pero puede resultar muy frustrante para dos preadolescentes llenas de curiosidad y sed de experiencia, especialmente si saben de la existencia de los varones.

O la peor opción de todas, esa que agitaba los sueños de Lucy Clark: que otro tipo de diablo, uno con nombre y apellidos y aparato reproductor masculino, se las hubiera llevado para hacer con ellas cosas terribles que

Lucy Clark no podía permitirse imaginar. Y es esa idea, esa posibilidad que ningún argumento por bien construido que esté logra aplastar, la que hace que Lucy Clark conduzca a toda velocidad hacia Carson City, capital de Nevada, en busca de una botella de tequila marca Tres Soles y una cabina telefónica.

Carson City es la capital del aburrimiento existencial. Y también, aunque nadie lo diría al verla, la del estado de Nevada, uno de los destinos más turísticos del sur estadounidense gracias a la presencia de las bulliciosas Reno y Las Vegas. La legalidad del juego, permitido en todo el territorio estatal, ha convertido Nevada en una patética y luminosa ruleta humana de esperanzas y miserias, un concentrado de la esencia de lo que es en realidad el país a gran escala: un lugar lleno de gente sin nada a la que constantemente se le recuerda que podría tenerlo todo.

Carson City, desprovista del fluir constante de visitantes —almas debatiéndose entre la autodestrucción y la megalomanía— que asola Las Vegas y Reno, tiene solo un par de casinos. El cubierto es muy asequible en ambos establecimientos, tanto que puedes comerte un reluciente filete de dos dedos de grosor por seis dólares o una langosta de Maine por doce. Numerosas familias de clase media baja acostumbran a cenar en los casinos los sábados. Por tres pavos y medio, los niños pueden acceder a un buen plato de pasta carbonara, costillas y tarta de manzana a cambio de compartir espacio con unos cuantos yonquis de las tragaperras, cuyo frenético consumo de cigarrillos convierte el interior del casino en un pulmón cancerígeno a punto de colapsar.

Carson City nació, como Tonopah, gracias a una mina de plata. El golpe de suerte por el que hoy rezan quienes franquean las puertas del casino es igual al que anhelaban quienes se empeñaron en rascarle algo de fortuna al suelo. Tanto en el juego como en la mina, las posibilidades de éxito son mínimas pero tentadoras, y tienen la facultad de saber dibujarse de forma repentinamente nítida en las mentes de los que tienen muy poco que perder. A Lucy Clark no le interesan los casinos, ni la fortuna, ni Carson City, una ciudad a la que ni siquiera Johnny Cash quiso regalarle fama. Y eso que pasó una noche en su cárcel, a la que no dedicó una sola canción.

Es mediodía cuando la pickup de Lucy Clark entra como un fantasma de caucho y lata en la carretera principal de Carson City. A ambos lados se levanta una cantidad a todas luces misérrima de moteles, restaurantes italianos y supermercados, junto a alguna que otra tienda de segunda mano de contenido heterogéneo y polvoriento. Cada vivienda iza su bandera en el porche, como un imponente mascarón de proa que huele a orgullo, cerrazón y violencia.

Lucy Clark aparca junto al poste que anuncia el emplazamiento de un inevitable McDonald's. Bajo la vistosa eme en rojo y amarillo, los trabajadores del local han añadido su propio letrero en gruesos caracteres negros sobre un fondo blanco y luminoso: «September 11. Never forget». Lucy Clark sale del coche, se ajusta su sombrero de ala ancha y echa a andar hacia el supermercado más cercano, proyectando su delgadísima sombra sobre el asfalto humeante.

La botella de Tres Soles vale ocho dólares, pero Lucy Clark paga con un billete de cincuenta y pide el cambio en monedas de un dólar. Echa más de la mitad en la olvidada cabina telefónica que hay junto a la puerta. Da un sorbo a la botella que la abrasa como si se hubiera tragado todo un verano de Nevada y espera.

Comunican.

—Club Gatitas, Siestas por Horas. ¿Dígame?

—...

—Eh... ¿Hola?

Respira hondo, Lucy Clark.

El número que iba a ponerte en contacto con tus hijas es el de un club de alterne. Un puticlub. Una casa de putas, vaya. ¿Qué es esto? ¿Una broma telefónica? ¿Acaso ese dios vengativo y sediento de sangre del Antiguo Testamento es en realidad un dios de la broma? ¿Hay un humorista sádico y paciente ahí arriba que ha esperado la friolera de treinta años para servirte esta venganza fría, infantil e ininteligible? Tal vez no, Lucy

Clark, tal vez tus hijas de cutis pecoso y cabello finísimo se hayan convertido en prostitutas. Puede que por una u otra razón hayan acabado ganándose la vida tendidas en una cama, satisfaciendo las miradas y los caprichos de un montón de hombres desconocidos de sudor ácido y penetrante como la mostaza de Dijon. ¿Es eso inevitablemente horrible, Lucy Clark? Tú misma has jugado durante años a prostituirte, haciendo el amor una o dos veces por semana con un hombre al que no deseabas a cambio de un hogar y un poco de paz. Te pusiste ahí porque quisiste, Lucy Clark. Incluso juraste que lo hacías desde el corazón. ¿Y tus hijas? ¿Están ahí porque quieren, Lucy Clark? Es la única pregunta oportuna. Y solo pueden responderla ellas. Pero vamos a concederte algo. Vamos a dejar que eludas la trivial ecuación pregunta-respuesta, como compensación a una larga vida de sacrificios sin drama. Te permitiremos transitar una vereda escondida, subsidiaria, salvaje. Por ti y por todas las que son como tú. Take a walk on the wild side, Lucy Clark.

Hay algo que escapa a la lógica en el acto de presentarse en el lugar de trabajo de otras personas a preguntarles si son felices. Uno no entra en una tienda de ropa al por mayor o en un ultramarinos y pregunta a los dependientes y las dependientas si son felices. Se da por hecho que no. Si son felices, habrán conseguido alcanzar esa condición por otros medios. Nadie necesita que los trabajadores sean felices, a pesar de los experimentos del norte de Europa y de los ambiguos mensajes que sus salitas de recreo con mesas de ping pong y sus máquinas de deliciosos e insalubres snacks se empeñan en mandar a los trabajadores. Un trabajador feliz no es de forma intrínseca más productivo, y la felicidad es una inversión ruinosa cuando llega en forma de aumento salarial, fruslerías de oficina y actualización de los uniformes. Así que no. A nadie le importa la felicidad de los trabajadores. Pero a todos nos importa la felicidad de nuestros hijos, y por eso sus trabajos nos resultan relevantes. Especialmente si tus hijas son putas. Se da por sentado que, de haber llegado a ella voluntariamente, la prostitución debe ser una ocupación que te mantiene en éxtasis de la mañana a la noche. Una mujer que limpia en un hotel puede acudir a su trabajo con el ceño fruncido y contar los minutos de su jornada laboral con precisión matemática, pero una puta debe despertarse deseando echarse al cuerpo lo que toque, aun antes de quitarse las legañas y lavarse los dientes.

Lucy Clark no es imbécil y entiende que no es así. Entiende que, si sus hijas no son del todo felices, eso no significa que sean un par de desgraciadas. Solo significa que son dos trabajadoras. Y trabajes sirviendo cerveza o metiendo dedos en lugares oscuros, no dejas de ser una persona que preferiría estar haciendo otra cosa, como zamparte una hamburguesa recién hecha o jugar al Scrabble con tus hijos. Lucy Clark también sabe que hay un montón de preguntas que no se atreverá a formular a sus hijas. Eso en el caso de que toda esta pirueta del destino se confirme y sus hijas sean, verdaderamente y sin lugar a dudas, dos gatitas de «siestas por horas». Es por esa razón que va a abandonar Carson City para dirigirse a uno de los mejores sitios a la hora de encontrar interlocutoras que respondan a sus preguntas. Un lugar que está a solo veinte kilómetros de Carson City y se alimenta de crooners de tercera y luces de neón y almas sedientas de una segunda oportunidad. Hablamos de Reno, la hermanita pequeña y dipsómana de la eterna Las Vegas.

Qué misteriosa jungla es el mundo, Lucy Clark. A lo largo de tus sesenta y pico años de vida, nunca hubo una sola mujer disponible para ti. Y te ves aquí, de pronto, con una borrachera que te hace parecer estrábica y medio tartamuda, en medio de una pantonera de preciosas jovencitas a las que podrías tener con tan solo sacar unos cuantos billetes del bolsillo secreto cosido al interior de tus botas de cowboy.

Pero tú no estás hecha de esa pasta, Lucy Clark. No podrías soportar el peso de la certeza de no ser deseada por la otra persona. Como mucho, un estado etílico galopante podría arrastrarte hasta algo así como una duda razonable; una duda que estarías demasiado ebria como para utilizar en tu provecho.

Así que deja ya de mirar las deliciosas piernas color caramelo de esas crías que podrían ser tus nietas y céntrate en tu misión. Aunque sabes —y yo, y todos los que te han visto beber tequila apoyada en la barra con la desesperación de un vaquero al que robaron todas sus reses— que esa misión está escrita en un papelito enroscado dentro de una botella que ahora se hunde en el océano de alcohol e inseguridades en el que se ha convertido tu cabeza.

No hace falta que llores, Lucy Clark. Te estás poniendo en evidencia.

Por favor, Lucy Clark, deja de agitar tu dedo índice con tan confusa violencia ante la cara sombría del camarero. Ya sé que no esperabas que tus hijas fueran putas, pero estás montando un numerito innecesario. Mierda, Lucy Clark, levanta del suelo. Pareces una pobre peonza vieja y miserable. ¿Sabes esa escena de *Hasta que llegó su hora* en la que Charles Bronson da una lección de ingenio a los secuaces de Henry Fonda[11]? Pues tú eres lo opuesto

11 En la escena inicial de *Hasta que llegó su hora* (Sergio Leone, 1968), Harmónica (Charles Bronson) llega en tren a una estación en la que lo esperan tres hombres. Al preguntarles por Frank (Henry Fonda) estos responden: «Nos ha mandado a nosotros». Dando por hecho que vienen a recogerlo para llevarlo ante Frank —el villano de la película— y viendo que solo han traído tres monturas, Bronson pregunta: «¿No hay un caballo para mí?». Los secuaces de Frank se ríen y comentan: «Parece ser que falta un caballo», haciendo clara alusión al hecho de que el plan es matar a Harmónica allí mismo. Entonces, Bronson desenfunda rápidamente y afirma: «Yo diría

a esa escena, Lucy Clark. Menos mal que la mujer que pilota esas piernas de caramelo que se acercan con paso firme ha decidido salvarte la vida.

Porque estás hecha un desastre, Lucy Clark.

Todo el mundo necesita *sentirse especial.* Es un axioma de la psicología y la base de la publicidad y del capitalismo y del consumo y el motivo por el que existen electrodomésticos de colores.

Todo el mundo necesita sentirse especial, o al menos quiere, desea profundamente, sentirse especial, porque la necesidad está reservada para cosas tan pedestres como respirar, beber y defecar.

Las niñas Valeria y Miranda tenían particularmente difícil aquello de sentirse especiales. Eran dos gemelas prácticamente idénticas. Las mujeres de Beratón preferían referirse indistintamente a ambas con el apelativo de «niña», antes de confundirlas y originar una rabieta. Una de esas que acababan con su madre cogiéndolas de las axilas y arrastrándolas hasta el patio interior de su casa para volcarles un cubo de agua gélida encima, porque esa era la forma de que dejaran de patalear o, en el peor de los casos, de evitar que acabaran arrancándose mechones de pelo la una a la otra.

---

que sobran dos», justo antes de disparar contra los tres secuaces y marcharse en uno de los caballos, abandonando el otro par en la estación.

Así que un día, harta de partirse la espalda remolcando a mocosas histéricas, les propuso algo:

—No tenéis por qué ser exactamente iguales. Solo hace falta usar un poco la imaginación.

»Tal vez tú podrías pintarte un lunar, Valeria, ahí mismo, justo debajo del ojo.

»O tú, Miranda, a lo mejor podrías ir siempre con trenzas.

Hay miles de pequeños nichos que pueden hacerte diferente. Y una puede llenarlos con toda la energía y perseverancia que quiera. Solo tiene que apostar por uno.

Valeria y Miranda apostaron, y lo hicieron del modo más práctico. Al menos, a la larga, dado que el distintivo elegido no implicaba ni complejos peinados ni ninguna clase de tarea diaria. Les bastó con agarrar —un solo día, en una única ocasión— un hierro candente de la fragua para luego apoyarlo con delicadeza sobre la cara de una de ellas. Cuando Lucy Clark entró, el granero olía a victoria. Y a carne quemada. Y las hermanas tenían los ojos llenos de lágrimas y los rostros atravesados por un par de sonrisas altivas.

Con Reno pasa un poco lo mismo. Tenía que destacar por algo. Y aunque su apuesta fue un poquito estrafalaria, durante un tiempo funcionó.

A lo largo de toda la primera mitad del siglo xx, Reno fue la orgullosa capital del divorcio de los Estados

Unidos de América. Las leyes en el resto de estados guardaban todavía un respeto bastante cristiano por los votos conyugales. Reno se agarró a ese clavo ardiendo como se agarraban los jóvenes a punto de perder su condición de civil al diagnóstico de unos pies planos.

Muchas de las parejas que acudían a Reno solo para divorciarse acababan tomando un trago en algún bar de la ciudad después de no haberse visto en una larga temporada, y remataban la faena compartiendo una última noche de pasión y patetismo con consecuencias que transitaban desde la gonorrea a la disputa por la patria potestad.

La chica con las piernas de caramelo a la que Lucy Clark cree amar ya —aunque, gracias a la bruma con la que el alcohol ha tapizado sus ojos, ni siquiera puede distinguir su rostro con claridad— es la última descendiente de uno de esos tristes coletazos de un amor condenado.

Dice llamarse Harper Lee, aunque todo en ese nombre apesta a mentira. Lucy Clark, que en realidad tampoco se llama Lucy Clark, se pregunta si Piernas de Caramelo es una joven un poco leída con debilidad por *Matar a un ruiseñor* y otras novelas de temática social.

Quizá simplemente se topó con el nombre en una revista y lo eligió como nombre de guerra sin mayores divagaciones.

También se pregunta si comentarle esa cuestión a Piernas de Caramelo puede resultar inapropiado. Y si sus hijas aprovecharán para leer novelitas de bolsillo o clásicos en tapas duras entre cliente y cliente.

—¿Puedo hacerte una pregunta delicada?

Lucy Clark saca con dificultad un cigarro del bolsillo interior de una de sus botas de cowboy.

—Claro.

—¿Te gusta leer?

—Esa no es una pregunta delicada.

—Tienes razón. No lo es.

Piernas de Caramelo suspira y se arregla la coleta alta que recoge su melena decolorada.

—Me gusta leer. Pero no soy particularmente fan de Harper Lee. Tampoco soy fan de la palabra «moral». Si no te gusta esa palabra es difícil que pueda gustarte *Matar a un ruiseñor*. De todos modos, fue lo único que escribió esa señora. No me pondría el nombre de una escritora con una sola obra. Mi trabajo tiene muy poco que ver con la exclusividad.

—¿Por qué ese nombre, entonces?

—A mí madre le gustaba. Y al margen de su obra, es un buen nombre. Dos nombres neutros, ¿entiendes? Aquí todas se llaman Amber o Priscilla. Hay mujeres con nombres como Mary Sue o Darlene con un precioso rabo de más de veinte centímetros. Yo no tengo rabo, no puedo jugar a eso. Así que juego a otras cosas.

Lucy Clark se hace a sí misma una pregunta tan extraña que su ojo derecho reacciona desarrollando una especie de tic nervioso pasajero.

—¿Qué opinas de «Valeria y Miranda»?

—¿Quiénes son?

—Como nombres. Qué opinas de Valeria y Miranda como nombres. Para este tipo de trabajo, quiero decir.

—No están mal. —Piernas de Caramelo se apropia del cigarro de Lucy Clark y le da una larga calada que deja el filtro lleno de babas—. ¿Tienen rabo?

—No.

Lucy Clark traga saliva.

—Al menos no lo tenían la última vez que las vi.

—¿Son ellas las que te han traído aquí? ¿Las estás buscando?

—No exactamente. —Lucy Clark recupera la colilla y la aplasta sobre el cenicero con forma de cisne que Piernas de Caramelo, a. k. a. Harper Lee, ha depositado sobre la mesa—. En realidad, estoy buscando algo de información.

—¿Eres periodista?

Lucy Clark levanta la mirada, esperanzada. Piernas de Caramelo no sabe que le acaba de regalar un asidero la mar de funcional.

—Exacto.

Lucy Clark emplea unos tres segundos en paladear la posibilidad de otra vida. Una vida que no está marcada por el asesinato y la huida y la pérdida de sus hijas y el calor aplastante del desierto de Nevada.

—Soy periodista.

—Antes no lo parecías.

—Las periodistas tenemos nuestros propios asuntos. Lo cierto es que me encuentro en Reno para realizar un artículo sobre prostitución.

—Entiendo.

—¿Puedo hacerte algunas preguntas?

—Pensaba que ya habías empezado.

—Es verdad, disculpa.

Lucy Clark se mira las piernas, embutidas en unos pantalones llenos de cremalleras de cuyas hebillas cuelgan varias herramientas destinadas al apaño del motor de la pickup, y se pregunta por qué Piernas de Caramelo ha decidido seguirle el rollo con ese asunto del periodismo, una rueda de molino con la que esa diosa, que se permite despreciar a Harper Lee por haber escrito *solo* un superventas mundial, no ha podido comulgar así sin más ni más.

—¿Cómo comenzaste tus pasos en este mundillo?

—¿Eso quiere decir que cómo me hice puta?

Esto va a ser muy difícil, Lucy Clark.

—Sí, eso exactamente.

Piernas de Caramelo se estira sobre el sofá de eskay cuya desfasada presencia domina el salón. Sus deliciosas extremidades hacen rugir el tejido con ese desagradable sonido que podría traducirse como «no soy de cuero».

—Tuve muchos trabajos antes de este. Fui camarera, sobre todo. También curré en una gasolinera y en una grocery en la que me atracaron dos veces a punta de pistola. Durante unos días fui la asistente de un tanatopractor. ¿Sabes lo que es? Yo solo me encargaba del maquillaje. Pero lo dejé. Los muertos me dan reparo. Este trabajo me reporta más dinero y me agota menos que otros. Sobre todo porque puedo organizarme mi propia jornada.

—¿Te… gusta lo que haces?

—No me encanta. Ningún trabajo me encanta. Este es especialmente desagradable, a veces. Pero, de momento, me merece la pena.

—¿Alguna vez te han agredido?

—Una vez. Un tipo al que traje a casa se puso violento y me tiró al suelo de un empujón. Mi amiga Nina entró en la habitación con una escopeta y el tío puso pies en polvorosa. Además se dejó la cartera y nos bebimos unos chupitos a su salud. Si no hubiera estado Nina, no sé lo que habría pasado. Desde entonces, nos turnamos las jornadas. Una de nosotras se queda en el piso y está alerta, mientras la otra trabaja.

—¿Y crees que…?

—No, espera. Esa no ha sido la única vez. Hace unos meses, una mujer que iba con su hija me lanzó una piedra y gritó algo sobre las llamas y el infierno.

—Vaya. —Lucy Clark siente una repentina presión en la boca del estómago—. ¿Te hizo daño?

—No me alcanzó.

Lucy Clark se sienta en un brazo del sofá y apoya la frente sobre la mano derecha. Hay algún tipo de conocimiento, una verdad absoluta, queriendo dibujarse en su mente con nitidez. Pero es difícil descifrarla.

—Estoy muy cansada.

—Podemos seguir luego.

—¿Te importa que me tumbe aquí?

Fuera, en la ajetreada noche de Reno, hombres y mujeres de todo el mundo esnifan cocaína, bailan al son de las tragaperras y encargan enormes steaks para seis personas. Lucy Clark cierra los ojos, arropada por el aroma dulzón de la prostituta que la abraza por la espalda, y piensa en lo hermoso que puede ser el mundo, más allá de madrigueras y exilios voluntarios.

Lucy Clark se despierta con las articulaciones como un viejo tractor oxidado, la boca como un pantano y el corazón como un arroyo de aguas cantarinas.

Harper Lee ya no está, pero la almohada y su piel aún huelen a ella. Una mezcla de sudor dulzón y suavizante de cabello marca Garnier Fructis.

Lucy Clark nunca había hecho el amor con una mujer. En realidad, puede decirse que nunca había hecho el amor en absoluto, porque quedarte quieta y reproducir mentalmente versos de canciones populares hasta sentir un repentino y pegajoso peso sobre el pecho no es exactamente «hacer el amor».

No tiene claro si debe pagar a Harper Lee por haberla despertado con sutiles ronroneos en medio de la noche, aunque le encantaría hacerlo. Le encantaría sacar un enorme fajo de billetes del forro de su sombrero y usarlos para ponerle un piso —aunque el que tiene está estupendamente—, o al menos un suelo nuevo: un parqué reluciente de nogal con elegantes y estilizadas vetas.

Lucy Clark mira a su alrededor y agudiza el oído, pero el apartamento está sumido en un silencio sepulcral sin piernas de caramelo que lo arañen. A su espalda, un pósit amarillo pegado en el lateral de la mesilla de noche contiene la palabra «NO», rodeada por una doble línea circular bajo la que puede leerse: «Good luck!».

No habrá despedida, y dada la, a todas luces, excesiva euforia de Lucy Clark, tal vez sea lo mejor. Los fantasmas de los hombres de Beratón envenenados y sus estertores de muerte, y el sonido del golpear de las palas contra el suelo húmedo se difuminan como una acuarela sobre la que se vierte un vaso de agua, fragmentándose en remolinos de pigmento ininteligibles. Quién iba a decirlo, Lucy Clark. El perdón se parece más a una desconocida desnuda de nombre ridículo que a años de flagelo y remordimientos cristianos. Ojalá lo hubieras sabido antes de servirte en bandeja a la corrupción hepática que acabará contigo en unos años.

Pero hay otras presencias que ninguna distracción puede dinamitar. Dos presencias invisibles y arrolladoras como el espectro del World Trade Center levantándose sobre el enorme socavón de la zona cero neoyorkina. Lucy Clark se pone en marcha, con las pupilas de los fantasmas de sus hijas vivas agujereándole la nuca como un silencioso y perseverante berbiquí. Contando las monedas que le quedan y dando gracias a los litros de alcohol de más que permitieron la reunión de los enfrentados padres de Harper Lee y su venida al mundo, Lucy Clark abandona el apartamento, dispuesta a realizar la llamada definitiva al club Gatitas, Siestas por Horas.

Una voz entrecortada por la cadencia de un mascar de chicle responde al teléfono.

—Club Gatitas, Siestas por Horas.

—Buenas tardes.

—¿Sí?

—Me gustaría hablar con Valeria y Miranda, por favor.

—¿Cómo?

—Valeria y Miranda, dos hermanas, de treinta y nueve años. Pelirrojas. Una tiene una cicatriz en la cara.

—Ah. ¿Las mellizas?

—Gemelas. —Lucy Clark se muerde el labio inferior—. Mismo óvulo fecundado.

—Entiendo. Tendrá usted que venir en persona, no se admiten llamadas personales. Puede llamarlas a sus móviles si dispone de ellos. Buen…

—¡No, espere! —Un abismo se abre en el esófago de Lucy Clark—. Soy su madre… Soy su madre. Hace mucho que no sé nada de ellas. Por favor.

Lucy Clark aprieta la parte baja del teléfono contra su mejilla derecha. El olor a Garnier Fructis que impregna todavía su mano se cuela en sus pulmones como el agua de un pantano a través de un aliviadero. Sandrine, la recepcionista actual del club Gatitas, Siestas por Horas, duda antes de responder. Lleva poco más de dos semanas trabajando en el club y está deseando abandonarlo. Le han dicho que no tiene que acostarse con nadie y, de momento, así ha sido, pero se siente perpetuamente observada y diseccionada como un cadáver en una clase de anatomía decimonónica. Ha visto pasar por esa oscura recepción, abarrotada de plantas y peceras pespunteadas de brillante moho alienígena, a hombres de todos los pelajes, acompañados de niñas de todas las edades. A los clientes más exclusivos, ella no los llega ni a oler; acceden directamente al piso superior a través de un pasillo subterráneo que comunica con el bar cercano, una lujosa terraza abierta a la brisa marina de Altea, decorado con sofás y pufs blancos de estilo ibicenco y dueño de una clara predilección por los desfasados recopilatorios de Café del Mar como selección musical. La costa de la comunidad valenciana entera está sembrada de puticlubs, que se alzan como rectilíneos mojones a ambos lados de la carretera N-332. Algunos son cerrados puntualmente por la policía tras las denuncias de los turistas a cuyas tarjetas se han hecho sucesivos cargos de 20 euros hasta vaciarlas, mientras los susodichos se hallaban en compañía de prostitutas. Pero estos movimientos tienen una función más estética que otra cosa, y pronto los clubs retoman su actividad, con el beneplácito de las autoridades, que acuden de vez en cuando a cobrárselo en servicios gratis y a codearse con empresarios y políticos de níveas fosas nasales. Respecto a las gemelas, Sandrine no tiene ni idea de qué hacen allí. No encajan ni con las supuestas tigresas embutidas en látex ni con la turbia presencia de menores que se adivina en las miradas animales de algunos habituales. Aparentemente, han pasado su vida allí, y entran y salen del local con discreción, extrañamente ajenas a la sordidez de lo que para ellas parece constituir un hogar.

—Un momento —dice finalmente Sandrine con la voz algo aterida—. Pero dese prisa, por favor.

Pulsando los números 1 y 7 sobre el aparato telefónico de la recepción, un vulgar cable de cobre cumple una misión extraordinaria, casi mesiánica: la forajida Lucy Clark y sus hijas, gatitas veteranas, se asoman a ambos lados de este milagro moderno.

—¿Hola?

—Hola, mamá.

—Hola.

—Hola.

—Ha pasado mucho tiempo.

—Sí.

—¿Cómo estáis?

—Estamos muy bien.

—Vale.

—¿Cómo estás tú?

—Muy bien. Gracias.

—¿Cómo nos has encontrado?

—Me llegó una carta anónima. No sé quién la envió.

Valeria y Miranda se miran.

Valeria piensa en sus clientes habituales. Se encoge de hombros.

—Qué bien.

—Sí. Me dejó muy sorprendida.

—Claro.

—Bueno. ¿Os gusta estar allí?

—Claro.

—¿Os… os gusta lo que hacéis?

Miranda mira a Valeria y ejecuta una mueca imprecisa, parecida a una sonrisa.

—Depende.

—Vale.

—Sí.

—¿Os puedo hacer una pregunta?

—Sí.

—¿Por qué desaparecisteis?

Valeria agarra de la muñeca a su hermana, temerosa.

—Nos escapamos.

Valeria retira la mano de la piel de Miranda.

—Entiendo.

—No nos gustaba el pueblo.

—Lo entiendo.

—Lo sentimos.

—No pasa nada… ¿Lo echáis de menos?

—¿El pueblo?

—Sí. —Lucy Clark recuerda el cielo cristalino de Beratón, cuajado de estrellas brillantes como los inmensos ojos de Harper Lee, con el cierzo azotando los pinos y emborrachando su espíritu de vida.

—Para nada.

—Vale.

—…

—Bueno. Me alegro de hablar con vosotras.

—Sí. —Valeria y Miranda se acercan al altavoz del teléfono, inquietas.

—En fin…

—Oye, mamá —dice Miranda levantando las cejas y mirando fijamente a su hermana.

—Sí.

—¿Tú has oído hablar de *Pekín Express*?

SEGUNDA PARTE

(*continuación*)

XXII

El 30 de abril de 1945, en el búnker berlinés de la Cancillería, culminó la danza macabra que los nazis habían bailado durante seis años sobre suelo europeo. Con el arrojo espoleado por la certidumbre del calvario que le esperaba en manos soviéticas, Hitler convertía su sesera en algo parecido a un botillo del Bierzo. Sobre su regazo, una pistola Walther PPK de 7,65 milímetros y la mano ya agarrotada de su amante, que despedía el agrio olor a almendras del ácido prúsico.

Hitler pensaba, como piensan muchos de los hombres que en algún momento de su vida se han sentido ignorados o fracasados o la chica bonita no quiso bailar con ellos o hicieron el ridículo saltando el plinto o no se les aguantó la polla tiesa los suficientes minutos y fíjate tú qué vergüenza, que el mundo le debía algo. Y ese «deber algo» es el útero en el que se gestan las grandes tragedias humanas, la semilla del mal, la nave nodriza del terror. La cosa es que Adolfo Hitler, generoso con aquellos a quienes consideraba su comunidad, no se veía como el único depositario de ese débito. La deuda era extensible a toda esa raza superior de la que se consideraba maestro de ceremonias: el mundo le debía algo a Alemania y Hitler estaba dispuesto a procurárselo.

La política del Lebensraum, que ambicionaba estirar el horizonte de Alemania como si fuera una mano loca anexionándose el este de Europa, había dado comienzo. Pero el primer proyecto de Hitler tras su llegada al poder no fue, ni mucho menos, la conquista de otros territorios. Fue el Volkswagen. Un coche asequible, fabricado en el país, para cuya adquisición se diseñó todo un sistema de pago a plazos. Volkswagen significa, precisamente, «automóvil del pueblo», y cada alemán debía tener acceso a él. Acomodados en el interior de sus carrocerías recién pintadas, podrían circular alegremente por ese recién conquistado Lebensraum libre de judíos, gitanos y homosexuales.

Igual que ciertas obras de arte robadas por los nazis siguen en el patrimonio de sus descendientes, cientos de miles de Volkswagens recorren hoy nuestras calles, extendiendo el legado de aquel primer proyecto del Reich. Cloe perdió la virginidad en uno de esos Volkswagen: un Cabriolet C1 con el morro cuadrado y una larguísima cicatriz que olía a fiestas de pueblo y a carreras bravuconas en descampados. Pero esta noche, su figura enclenque se recorta sobre el capó de un Volkswagen Tiguan vacío, aparcado junto a la cementera abandonada a las afueras de la Ciudad. Las risas huecas de sus ocupantes se adivinan arrebujadas en algún punto tras los muros de cemento.

Cloe pasea la lengua por su paladar áspero, foráneo, aún contaminado por las rancias hamburguesas del McDonald's. Sus manos, entumecidas y veteadas de negro tras la quema de su particular pastiche de símbolos alemanes, sujetan una garrafa y una caja de cerillas. Todo ritual necesita una pira. Ella ya ha encontrado la suya.

Tras rociar con líquido combustible el capó del Tiguan, Cloe se aparta unos metros y enciende una cerilla. No suele tener suerte, pero esta vez se enciende a la primera.

«Para Hannah. Este libro es de los dos».

XXIII

—Sí, agente, aquí fue donde lo compró. Una garrafa entera.

»No tanto, agente. Unos veinte litros. Aunque para una chica tan flaca debió de ser bastante duro.

»No me fijé bien, agente. Entró primero al baño y tardó bastante. Al marcharme, de madrugada, tuve que estarme limpiándolo un buen rato.

»Una buena vomitera, sí, señor agente.

»Detrás de la máquina de café, agente. No compró nada mas.

»Un botellín de agua, perdone.

»No sé si estaba borracha, no lo parecía. Parecía más bien un poco ida. Ausente, diría yo.

»Oh, no tiene nada de raro, agente. Aquí vienen muchos clientes a comprar garrafas de gasolina y se las llevan con ellos.

»No quería faltarle al respeto, agente.

»Sí, ese es mi trabajo.

»Sí, podría fijarme más. Solo quería decir que no me extrañó. La compra de garrafas es relativamente común.

»No me asomé a ver si ella llevaba coche, agente.

»Si me hubiera esforzado más, a lo mejor no habría volado nada por los aires, tiene razón.

»Once años, señor. Entré al acabar el instituto y desde entonces que trabajo aquí.

»Sí, me gusta mi trabajo, señor.

XXIV

Pablo sale de la gasolinera y escupe un espumarajo de saliva blanquecina sobre la acera. El encargado era un auténtico palurdo.

No le gusta este caso y no le gusta tener que pasar su jornada laboral pateándose el bosque y las carreteras que lo circundan. Eso lo aleja de Sonia.

Desde que abandonó el cuerpo, solo puede verla a través del cristal de la galería que se ha montado. Le parece increíble. Una galería de arte de los cojones. Y con un fulano lleno de tatuajes y cara de inversor inmobiliario pasado de farlopa.

Lo intentó de todas las formas. Se cortó el pelo, se dejó barba. Incluso cambió de estilo a la hora de elegir vestuario, apostando por pantalones de pinzas y jerséis de cuello alto. Se compró unas gafas de concha, con vidrios sin graduar, que le hacían parecer una persona completamente distinta.

Pero nada funcionaba. Sonia se fue alejando cada vez más.

«Cada vez que te miro la cara veo a esa pobre niña. Flaquísima, con su camiseta de las Supernenas y su pelo azul. La veo desplomándose sobre nuestras cocacolas y tu pincho de tortilla».

Ni siquiera podía hablar de aquello sin llevarse las manos al rostro y arrugar la frente y la boca en un gesto de aprensión. Empezó a tener ataques de ansiedad que la dejaban completamente bloqueada. A las dos semanas abandonó el cuerpo de Policía. Que no se lo dijera le resultó tan doloroso como ver a sus amigas entrando en casa a llevarse su ropa y sus libros, metidos en cajas de cartón que tuvieron que extraer allí mismo de su embalaje al vacío. Más de diez minutos en silencio abriendo las putas cajas. Y aquellas zorras no respondieron a una sola de sus preguntas.

A los pocos días, tenía un nuevo compañero de trabajo, un tal Rubén, con marcas de acné juvenil y un ojo ligeramente vago que lo sacaba de sus casillas. Mientras,

Sonia se instalaba en la casa de aquel otro tipo, con sus insolentes patillas enmarcando esa cara de suficiencia adulterada. Lo pone enfermo.

Todas las mañanas llegaban juntos a la galería y todas las tardes se marchaban en un Opel Tigra amarillo con un tribal en la luna trasera.

Si él se ausentaba, aprovechaba para pasearse por la acera frente a la galería. La buscaba. Cuando conseguía que sus miradas se cruzasen, Sonia le daba la espalda y levantaba el teléfono, en señal de advertencia. Con ese simple gesto, se había arrogado el derecho a negarle toda comunicación, a dejarle la cabeza rota y el cuerpo convertido en un pueblo costero tras la marcha de los vikingos; como un tembloroso racimo de mujeres llorando la muerte de sus maridos e hijos.

Ni siquiera pensaba que las órdenes de alejamiento entre parejas pudieran ser legales. ¿Qué coño pintaba un juez en todo aquello? Habían permanecido juntos durante años. Habían sido el uno para el otro un refugio de piel y calor mientras el mundo exterior enloquecía. El jueves, un perro policía perdía la cabeza ante el olor de una bolsa de marihuana y le arrancaba el brazo a un chaval de trece años. Esta madrugada, un Tiguan familiar, como el que le hubiera encantado comprar con Sonia para llevar a su futura prole a los partidos de los domingos, explotaba en mil pedazos junto a la vieja cementera abandonada, y cuatro jóvenes en perfecto estado de salud y forma física se evaporaban en la noche sin que nadie ofreciera la menor explicación. Y ella continuaba en sus trece, parapetada tras el cristal y su letrerito de vinilo de corte gris. «Galería Charro». Galería tu puta madre.

Cuando llega allí, ya no hay nadie. Las luces están apagadas. Dentro reina el silencio, lo confirma pegando el oído al cristal a través de la verja metálica. A nadie le extraña ver a un policía entrando en un local por la fuerza. O al menos, nadie actúa como si le extrañara lo más mínimo. Pablo se arrodilla junto a una bolsa de deporte marca Dunlop y extrae de ella un pequeño taladro inalámbrico. Lo introduce en la cerradura y hace fuerza con la palanca. Al instante, la verja se levanta sin oponer resistencia, para su sorpresa. Tan rápido que el taladro se sale del bombín y le hace una herida considerable en la mano izquierda.

Ni siquiera se han molestado en cerrar la verja con llave. Desde luego, no se puede decir que Sonia esté demostrando tener mucha cabeza como empresaria. Pero, eh, por una vez, la suerte sonríe a Pablo. Puede reventar el interior de la galería sin que la investigación avance mucho más. ¡Ni siquiera estaba cerrada! ¡Era casi una invitación al vandalismo!

Al entrar, le sorprende la abundancia de muebles monopolizando el espacio. Tenía entendido que las galerías debían ser espacios diáfanos, ¿no? Al menos, eso le había dicho Sonia el día que visitaron esa exposición de Miró que le dejó los ojos vidriosos y la cabeza embotada de puro agobio ocular. Cuando la vista se habitúa a la falta de luz, entiende lo que sucede. La galería está preparada para una fiesta, tal vez una inauguración. Hay canapés encima de una gran mesa central, taburetes de un gris metalizado estilo industrial y una peana sobre la que se levanta una pirámide de catálogos a estrenar.

Pablo enciende la linterna, se acerca a la mesa y prueba uno de los canapés. Un pequeño hojaldre de frutos secos y roquefort. No es precisamente una exquisitez. A falta de sacacorchos, abre una botella de rioja golpeándola contra la caja registradora y bebe directamente del gollete, convertido en una cordillera de cristales rotos por los que resbala el líquido granate.

Se da una vuelta por la galería. Hay obras que retratan gasolineras y un montón de óleos con la misma mujer en posturas sexuales explícitas. Pablo se pregunta quién es capaz de pagar por tener esa basura en su salón. Hay que tener mucho dinero y muy poco sentido común para gastarlo en semejante frivolidad. Él siempre ha sido un tipo responsable con sus ahorros. El despilfarro le parece una auténtica ordinariez.

Decide hacerse una paja sobre los canapés, pero no consigue que se le ponga dura. Se pregunta si Sonia y el tipo tatuado habrán follado sobre esa mesa. O en cualquier otro sitio de la galería. Lo más probable es que sí.

Pablo derriba la pirámide de catálogos de un manotazo y vierte lo que queda de vino por encima. Agarra uno mientras decide qué hacer con el resto de su tiempo en la galería.

Lee. *Miguel Montero. Una desolación anunciada.* Pablo abre el catálogo por la primera página. Hay una foto de un tipo rudo, con la cara llena de pelo y los ojos afilados y enrojecidos como un par de puñaladas sobre un pecho descubierto. Pablo lo reconoce. Joder, es Mike, el gerente del bar del antiguo casino, el del acceso sur a la Ciudad. Tiene fama de broncas, pero trafica con cocaína y sabe a quién invitar, así que lo dejan en paz. Apareció muerto hace muy poco. Una hemorragia interna. No tenía la menor idea de que pintase monas.

> Miguel Montero aparece como un necesario tsunami en el páramo de la creación pictórica de la modernidad. Lo hace desde el desarraigo que lo atraviesa desde su infancia, obligado a abandonar sus orígenes a causa de su temprana orfandad, y cristaliza en la forma de unas imágenes extremadamente desoladoras y de un catálogo de lugares de paso del devenir contemporáneo. Sus series de gasolineras, áreas de servicio, merenderos y urinarios lo han encumbrado como un cronista del vacío existencial, del tránsito del hombre moderno hacia la nada. Esta exposición incluye además dos obras de la primera producción de Montero que representan —a su modo peculiarísimo— sendos cielos estrellados de la aldea soriana donde vino al mundo, junto a su última e inédita serie, un giro inesperado en su carrera que el autor ya no podrá presentar de forma personal dado su reciente fallecimiento. El erotismo

> atroz —lacerante— de su nueva producción no marca sin embargo una distancia con la soledad presente en el resto de su obra; si acaso, la hace más honda y desgarradora. Se trata del último aullido pictórico de un hombre solo, una prueba de su magisterio que, sin duda, señala un hito tanto por su calidad técnica como por su inesperada protagonista...

Pablo levanta la linterna hacia la obra más cercana: una mujer desnuda con un arnés de charol negro se acaricia un pezón mientras se muerde el labio inferior hasta hacerlo sangrar. El gesto, el encuadre, todo le resulta conocido. Es una obra espantosamente obvia y, por lo visto, espantosamente capaz de hacer rica a Sonia.

Pablo observa con detenimiento a la mujer retratada. No hay duda, es Laura Añón, la candidata de SePuede a la alcaldía de la Ciudad. Una mujer a la que una morbosa combinación de celibato militante e innegable sensualidad ha convertido en una celebridad. Sabe que va por ahí dando conferencias sobre la sumisión al capitalismo inherente en cualquier intercambio sexual mientras su estrella asciende de manera imparable —y para muchos incomprensible— en el seno del partido líder de la nueva izquierda a nivel nacional.

Pablo continúa echando un vistazo al resto de la galería. Debe de haber unos veinte retratos de Laura Añón dejándose follar por el culo y gimiendo, con los ojos en blanco y retorciéndose como un animal desnortado por el celo. Expuestos junto a los cuadros que retratan gasolineras y áreas de servicio, conforman un paisaje estrafalario. Examina de cerca un lienzo, la nariz a pocos centímetros de la superficie, cuando el tono de su móvil lo sobresalta. Siente un escalofrío deslizándose sinuoso por su columna vertebral. Es Sonia. Sonia profundamente arrepentida. Sonia maldiciéndose y rogando una nueva oportunidad. Sonia renegando entre sollozos de ese chulazo con el que se pavonea ahora. Sonia sin poder creerse lo que ha hecho. Sonia diciéndole que es el mejor amante que ha tenido. Que la vida sin él no puede llamarse vida.

Pero no, es su madre.

—Hola, mamá.

»Claro que sí. Mañana voy a verte.

»Como todos los miércoles, mamá.

»Sí que voy, mamá. Voy los lunes y los miércoles y todos los fines de semana.

»Claro que sí. No digas eso, mamá. Eres una madre maravillosa.

»Papá no viene, mamá, acuérdate. Lo hemos hablado muchas veces. ¿Te acuerdas?

»No, mamá. Perdona. Claro que no quiero molestarte.

»Sí, mañana voy, mamá, como siempre. ¿Te están cuidando bien?

»No, mamá, papá no puede venir. Pero voy yo y te llevo las flores que te gustan.

»Sí, mamá. Sabes que te quiero, ¿verdad?.
»Vale.
»Sí.
»Hasta mañana, mamá.

Pablo descuelga la serie de obras protagonizada por Laura Añón y las apila una a una. Luego rebusca en el almacén hasta que topa con un rollo de papel de estraza que le sirve para embalarlas. Lo hace de manera individual, rápida y toscamente. Acto seguido, derriba de una patada la mesa de los canapés, escupe en el suelo y abandona la galería sumido en un extraño alborozo. La cantidad en metálico que cavila exigirle a Laura Añón a cambio de la destrucción de esos engendros va incrementándose conforme camina hacia el coche.

Lo que Pablo no puede adelantar —no puede adelantarlo porque no es más que un lastimero payaso de feria— es el giro del destino que dará al traste con sus planes de gualtrapa. Los cuadros saldrán finalmente a la luz, sí, generando una carámbola mediática de proporciones áureas que convertirá a Laura Añón, la Conferenciante, en la porn star definitiva de la tertulia política. El sueño de cualquier publicista. Una Cicciolina del lado oscuro.

Tal vez, claro. Solo tal vez.

Yo de esto no sé más que vosotros.

XXV

Cuando X llega al bosque, hace horas que la columna de humo rojo se ha extinguido. Los muros de la antigua cementera han cobrado cierta prestancia espectral gracias a la luz dorada de la inmensa luna. Flota un aroma extraño en el ambiente, como si se hubiera celebrado una fiesta clandestina y los últimos invitados se hubieran marchado de allí dando bandazos hace un buen rato.

X examina lo que parecen los restos de una pequeña hoguera. En el hoyo se adivinan plásticos y fragmentos de objetos parcialmente quemados. A un metro del agujero distingue un ejemplar de *Las desventuras del joven Werther*, un libro que nunca ha conseguido acabar de leer, a pesar de haberlo intentado por activa y por pasiva, y que, sin que la imprecisión consiga importunarla, suele mencionar entre sus favoritos. Lo hace porque considera que la célebre obra alemana, predilecta de suicidas y románticos, es una referencia que refleja de forma bastante apropiada su personalidad. Y punto.

Lo que X no sabe —y vosotras y yo sabemos en este instante— es que ese ejemplar, precisamente ese ejemplar, que descansa sobre un suelo boscoso afortunadamente húmedo, tiene en su primera página un exlibris que muestra a un gato haciéndole arrumacos a la luna y en el que puede leerse «Clöe», con esa diéresis gratuita como un retal de adolescencia colgándole a su prima de la firma.

Con actitud investigadora, X se agacha y examina los restos del ritual tratando de identificarlos. Hay un par de cascos de Franziskaner —la cerveza favorita de Cloe, aunque eso no constituye una pista muy elocuente— y una caja de pretzels prácticamente calcinada que no hace más que incrementar la incógnita. Desde esa altura, por algún motivo que X todavía no alcanza a comprender, el agujero desprende un fino olor a barbacoa.

Cloe —X lo sabe y se lo afea constantemente— es aficionada a los rituales y a la superchería infantil. Lo es desde niña. Ya entonces seguía a rajatabla los consejos que aparecían en las revistas para adolescentes, destinados a conseguir la atención de los chicos. La recuerda escribiendo tres veces el nombre del afortunado —o desafortunado, según se mire— en un papelito, doblándolo hasta convertirlo en una diminuta ingeniería de origami mientras recitaba algún ridículo conjuro.

Y algo de superchería infantil hay en ese pequeño montículo de artículos de importación alemana, de eso está segura —un cóctel que se despliega ante sus ojos como la lista de ingredientes de un combinado de majadería y despecho—, aunque no puede descifrarlo de forma más precisa. Y de nuevo hay algo de superchería infantil, pero sobre todo de una rabia que nunca antes había habitado bajo la dermis de Cloe, en la tremenda explosión que se escuchará en el instante que sigue.

Componiendo una nube dinámica y oscura, búhos y milanos sueltan sus pequeñas presas y alzan el vuelo.

Por encima de X, iluminando el cielo y bañándolo todo de un fantástico halo azul, brotan tres extrañas luces que surcan rápidamente la bóveda celeste hacia la antigua cementera.

XXVI

1 hora ·

Queridos lectores de @*Cronos*:

Como seguro que muchos de vosotros ya adelantáis, el siguiente número de nuestra publicación contendrá un reportaje especial fruto de las investigaciones que a partir de esta mañana coordinamos desde redacción. Sin embargo, no queremos guardar silencio respecto a la noticia que se comenta ya en redes y foros especializados de toda la península y que nosotros, más que ningún otro medio, estamos preparados para tratar.

Previamente, para los profanos en la materia y para nuestros lectores más recientes, tenemos que remitirnos a un artículo aparecido en esta misma revista hace la friolera de 37 años. Fue concretamente en el n.º 105 de marzo de 1981 (consultable online en la sección Archivo de nuestra página web) donde, bajo el título «Fantásticas Apariciones

Ovni en Robledo de Chavela», se daba cuenta de las apariciones de una serie de luces azules en las inmediaciones de la estación de la NASA en Robledo de Chavela, localidad de la sierra madrileña. El artículo, firmado por el fundador de esta revista, recogía asimismo el testimonio de P. J., natural de la sierra, acerca de la llegada de un artefacto alienígena a la zona y la desaparición de dos pastores que acompañó a la misma.

Tras la nota bibliográfica de rigor, os ponemos al tanto del incidente que ha tenido lugar en la madrugada de hoy: en un contingente lleno de incógnitas aún por esclarecer, en el intervalo comprendido entre las 3 y las 5 a.m., se ha producido la explosión de un vehículo en la zona forestal que rodea la Ciudad.

El automóvil, que ha sido identificado como un Volkswagen Tiguan blanco, explotó debido a un incendio provocado cuya autoría es aún objeto de investigación por las autoridades encargadas del caso. El vehículo se hallaba situado junto a un recinto industrial hoy sin uso. Dicho recinto acoge la famosa cementera que desde los años 70 dio trabajo a numerosos jóvenes de la Ciudad hasta su cierre definitivo en 1992, cuando una nueva fue levantada junto a la cantera de piedra caliza. Desde el abandono de la cementera original, esta área se ha convertido en un foco de problemas para la localidad, y han sido relativamente habituales sus apariciones en la prensa.

Pese a haber sido precintado por las autoridades, el recinto es usualmente frecuentado por jóvenes, especialmente durante los meses de verano, que celebran allí fiestas ilegales de música electrónica y carreras de coches clandestinas, entre otras actividades poco edificantes. El lugar fue declarado de interés nacional en 2013, cuando trascendió la noticia del fallecimiento de un joven oscense de 23 años. De las pesquisas realizadas se dedujo que el joven había muerto por ahogamiento dentro de una gran cisterna que resultó inundada tras el cese de la actividad en la cementera. Jóvenes entrevistados revelaron que se trata de una práctica muy común: grupos de hombres de edades que oscilan entre la adolescencia y la treintena acuden al lugar y realizan apuestas sobre su aguante en el agua de la cisterna, a muy bajas temperaturas —incluso en los meses más cálidos— debido a su ubicación en una zona elevada y alejada del área urbana.

Tras la reciente explosión, el recinto ha sido nuevamente precintado y se ha previsto su posterior demolición para evitar la visita de más jóvenes. Los cuatro ocupantes del Wolkswagen Tiguan, aún desparecidos, tienen entre 25 y 28 años y se encontraban de paso rumbo a Pamplona, cuyas fiestas comienzan mañana. Aunque todavía no se han esclarecido de forma precisa los hechos, todo parece indicar que pararon en la cementera para participar de esta peligrosa costumbre, según revelan los mensajes que han sido obtenidos de sus teléfonos móviles, hallados en el lugar.

Desde esta mañana, equipos de búsqueda rastrean el área boscosa de los alrededores, una zona bastante abrupta y de difícil acceso, mientras los buzos se ocupan de drenar las diversas cisternas y tanques inundados de la cementera.

Aunque no han trascendido aún noticias positivas sobre la búsqueda, sí lo han hecho otro tipo de informaciones:

Como si del cierre de un círculo se tratara, desde primera hora hemos recibido varias llamadas en nuestras oficinas alertándonos sobre algo que, aunque nos llena de la misma incertidumbre que a vosotros, queridos lectores virtuales, esperábamos con ansia desde hace tiempo: el retorno de las misteriosas luces azules avistadas en Robledo de Chavela.

Según numerosas llamadas, la mayoría de residentes en las afueras de la Ciudad o de conductores que se hallaban atravesando alguna de las carreteras que salen del casco urbano, cuatro enormes luces de un color azul brillante aparecieron sobrevolando la cementera y trazaron repetidas elipses continuas sobre la cisterna antes mencionada.

Las luces no solo fueron observadas por los testigos que llamaron a nuestra redacción —algunos de los cuales se han declarado escépticos en sus llamadas, pero consternados por el fenómeno que han presenciado—, sino que han sido registradas en varias fotografías tomadas por un radar que controla la velocidad en una carretera cercana.

Hoy no podemos sino preguntarnos, como aquella vez hace tantos años, si la desaparición de estos cuatro jóvenes puede responder a una comunicación interplanetaria establecida con inteligencias que nos visitan desde más allá del Cinturón de Kuiper y los planetas enanos transneptunianos. Inteligencias que llegan hasta nosotros por algún motivo, aún indescifrable, y cuya firma podemos identificar en estas fantásticas luces turquesa y las desapariciones que las acompañan.

Puede que nos aventuremos demasiado, pero no queremos cerrar la puerta a una posibilidad: la de que, en este preciso instante, los cuatro jóvenes desaparecidos se hallen a años luz de la Tierra, observando cómo nuestro planeta se aleja hasta convertirse en una diminuta bolita azul, perdida en el interminable tapiz del universo[12].

Me gusta Comentar Compartir

Escribe un comentario...

12 *Post* de Facebook compartido por la página oficial de *CRONOS. Sucesos Extravagantes, Apariciones y Sucesos Paranormales en España*, 4 de julio de 2018.

XXVII

—Doctora Livingstone, supongo.

—Hola.

—Vas un poco llena de humo, no sé si lo sabes.

—Ya. Sí.

—Cojonudo, Cloe. Me alegro mazo de que lo sepas.

—No me rayes.

—Joder, encima apestas.

—¿Cómo?

—Que apestas, joder. A químico, a gasolina, joder, no lo sé. Menuda movida, Cloe.

—Ya.

—Bueno. A ver. No pasa nada. Vamos a calmarnos.

—Yo estoy calmada.

—No, tú no estás calmada. Mierda, tú estás zumbada.

—X…

—Vámonos a casa.

—Vale.

—Vale.

—A ver, tía, hay que exorcizar. Es lo que hay.

—¿Qué? Mira, me la pela. En serio, vámonos.

—…

—Y toda esa ropa que llevas, la vamos a tirar al río. O la incineramos. Joder, en serio, hueles como un arrabal. ¿De qué coño te ríes?

—Oleré como tú quieras, pero me siento como una diosa zen.

—Sí. Tía. La puta Beyoncé, pareces.

—¡Buah! A tope.

—…

—Canta conmigo, prima.

—Déjame, tronada.

—*Cause if you liked it, then you should have la la la la.*

—Vete a la mierda, Cloe.

—Canta, venga. *Then you should have put a ring on it.*

—Que pares.

—*Oh oh oh, oh oh oh oh.*

—Estás insoportable.

—Si te encanta…

—Para nada.

—Reconócelo, venga. Si lo reconoces, te devuelvo tu meñique.

—Qué anormal eres.

Un rastro de huellas bermellón rubrica el apresurado trote de X y Cloe. No podéis verlo, claro. Yo tampoco. Pero sé que está ahí, brillando bajo la luz lunar, irradiando un fulgor sanguino. Y os diré otra cosa. En algún lugar de coordenadas imprecisas y cambiantes, ese mismo fulgor estalla, se libera, lo anega todo. Y algunas criaturas se extinguen dentro de él.

—Cloe…

Cloe se gira hacia X, tiznada de humo de la cabeza a los pies. Aunque no puede saberlo, es la viva estampa de su madre hace ya casi treinta años.

—Sí.

—Esa puta canción.

—Sí.

—La bordas.

Cloe envuelve su meñique derecho con la mano izquierda, formando un cofre de dedos apretados, y lo descubre ante X como si se tratara de un regalo.

—Aquí lo tienes.

—Bah. Puedes quedártelo. Hoy he ligado gracias a esa anécdota, ¿sabes?

—No me digas. —Cloe pasa un brazo por los hombros de X, apretándola contra su costado—. Tía. —Clava sus pupilas en las de su prima—. Cuéntamelo to.

XXVIII

Cada mayo desde 1987, Beratón se convierte en un inusual hervidero de actividad. Las mujeres decoran todo el pueblo con guirnaldas y fabrican exuberantes ramilletes de las flores silvestres locales: lavanda y romero.

Las guirnaldas son baratas y de mala calidad; sus paños acogen las banderas de todos los países de la Unión

Europea, aunque sus colores azulean en las esquinas y siempre hay que recoser alguna para evitar que se desprenda en cuanto sopla un poco de viento.

La furgoneta naranja que perteneció a Bernardo procura platos y vasos de cartón decorados con los mismos motivos europeístas.

A las diez dará comienzo el espectáculo: la única televisión del pueblo será conectada y la presentadora de Televisión Española anunciará el arranque de la gala anual de Eurovisión. Las mujeres de Beratón ven el festival como los habitantes de Roswell veían los ovnis surcando el cielo en las noches claras de verano: como algo que no alcanzan a comprender, ajeno y fascinante, que habla de lugares desconocidos y de sus estrafalarios e ininteligibles habitantes.

La de 2014 fue sin duda la edición más celebrada en Beratón: Conchita Wurst representó a Austria con la canción *Rise Like a Phoenix*, combinando una cantidad considerable de vello facial perfectamente perfilado con un vestido de lentejuelas verde que deslizaba su personaje hacia lo mitológico. La artista resultó ser la favorita de todas, un fenómeno de unanimidad que restó bastante tensión a la cita. Tras su triunfo, el pueblo hizo algo sin precedentes: encargaron a Bernardo, ya jubilado, que imprimiera una foto de Conchita Wurst para colocarla, convenientemente enmarcada, en el altar de la pequeña iglesia donde aún reposan las coronas de flores obra del pequeño Miguel.

Wurst no es la única estrella que levanta pasiones en Beratón. La música forma hoy parte integral de la vida de sus mujeres y puede escucharse de forma ininterrumpida de ocho de la mañana a ocho de la tarde en los alrededores de la plaza que rodea la iglesia. Cuatro pequeños altavoces marca Sony, pinchados a las farolas, son el único detalle que las habitantes de Beratón han consentido a la tecnología, tras rechazar de forma cada vez más vehemente la instalación de wifi que de manera entusiasta les ofrecen los hijos de Bernardo.

Su rechazo a la tecnología —más concretamente, la enfocada hacia la globalización comunicativa— no está reñido con cierta curiosidad por el mundo que las rodea. Gracias a los hijos de Bernardo, que continúan hoy la labor de su progenitor, en Beratón están perfectamente al tanto del último éxito rompepistas y alternan los ritmos del dance hall con elepés enteros de Rocío Jurado, de cuya muerte recibieron la noticia con esa mezcla de fingida afectación e indiferencia que impera entre aquellos que observan el mundo exterior como una rara y caprichosa abstracción.

Precisamente ahora suena una canción, la tercera del álbum *Sevilla*, que hace que las mujeres más ancianas de Beratón abandonen los preparativos y claven su vista en el horizonte, escudriñándolo en busca de una señal: un rayo abriendo el cielo en canal en pleno día, una zarza ardiendo, una bandada de pájaros cayendo en picado o recortando una nítida ele sobre un firmamento sin mácula.

Alguien,
que va a surgir
como una luz
o como un grito.
Alguien,
que hoy ya presiento
que de mí no está distante.
Alguien.
Alguien.

Las ancianas esperan al final de la estrofa para retomar su actividad, pero en sus frentes baila aún durante unos minutos la imagen difuminada de Lucía Casterad, con su trenza italiana decorada con cintas de cuero y sus pómulos altos salpicados de pecas por efecto del sol. La joven Lucía Casterad, discreta y voluntariosa, que hizo desaparecer a los hombres de Beratón. La mujer que con su pecado liberó al pueblo y pagó por todas con su dolor de madre. La mesías ungida en sangre criminal, desaparecida en el aullido de la noche soriana. Perdida para siempre, como perdidas para siempre fueron también sus hijas. Alabado sea tu nombre, Lucy Clark.

Agradecimientos

Gracias infinitas a todas las personas que han hecho que *Historia de España contada a las niñas* sea posible: a Melanie, Luci, Ana, Eduardo y Alberto por sus consejos, y a Fulgencio Pimentel y La Casa Encendida por darme la oportunidad de sacar adelante mi librín. Gracias —y también vítores— a Carmen Hernández, gran señora y mejor madre. Y sobre todo y por encima de todos, gracias a Mr. Perfumme por ser mi amor, mi droga de diseño y mi refugio antihuracanes. <3 rial lof para tos <3

CRÉDITOS FOTOGRÁFICOS

Joel Meyerowitz, *From the Car*, New York Thruway, 1967. Cortesía de la Howard Greenberg Gallery para la cubierta delantera. © 2018 Joel Meyerowitz.

Erika Chueca, *Beratón*, pp. 2-3 en guardas. © 2018 Erika Chueca.

María Bastarós, South Lake Tahoe (California), pp. 4-5 en guardas. © 2018 María Bastarós.

Irene Palacio, *The Fox*, pp. 6-7 en guardas. *Untitled*, pp. 234-235 en guardas. *Aina*, en cubierta trasera. © 2018 Irene Palacio.

Axel Hartmann, *Layers of Light*, p. 237 en guardas. © 2018 Axel Hartmann.

Mathilde Audiau, *Clouds like UFOs*, pp. 238-239 en guardas. © 2018 Mathilde Audiau.

ÍNDICE

www.lacasaencendida.com
www.fulgenciopimentel.com

Este libro resultó galardonado con el Puchi Award 2018

Primera edición: octubre de 2018
Editor: César Sánchez
Editores adjuntos: Joana Carro,
Alberto Gª Marcos y Raquel Vicedo
Diseño de cubierta delantera: María Bastarós
Diseño y maqueta de Daniel Tudelilla,
Joana Carro y César Sánchez

ISBN: 978-84-17617-00-4
Depósito legal: LR 1154-2018

Impreso en España

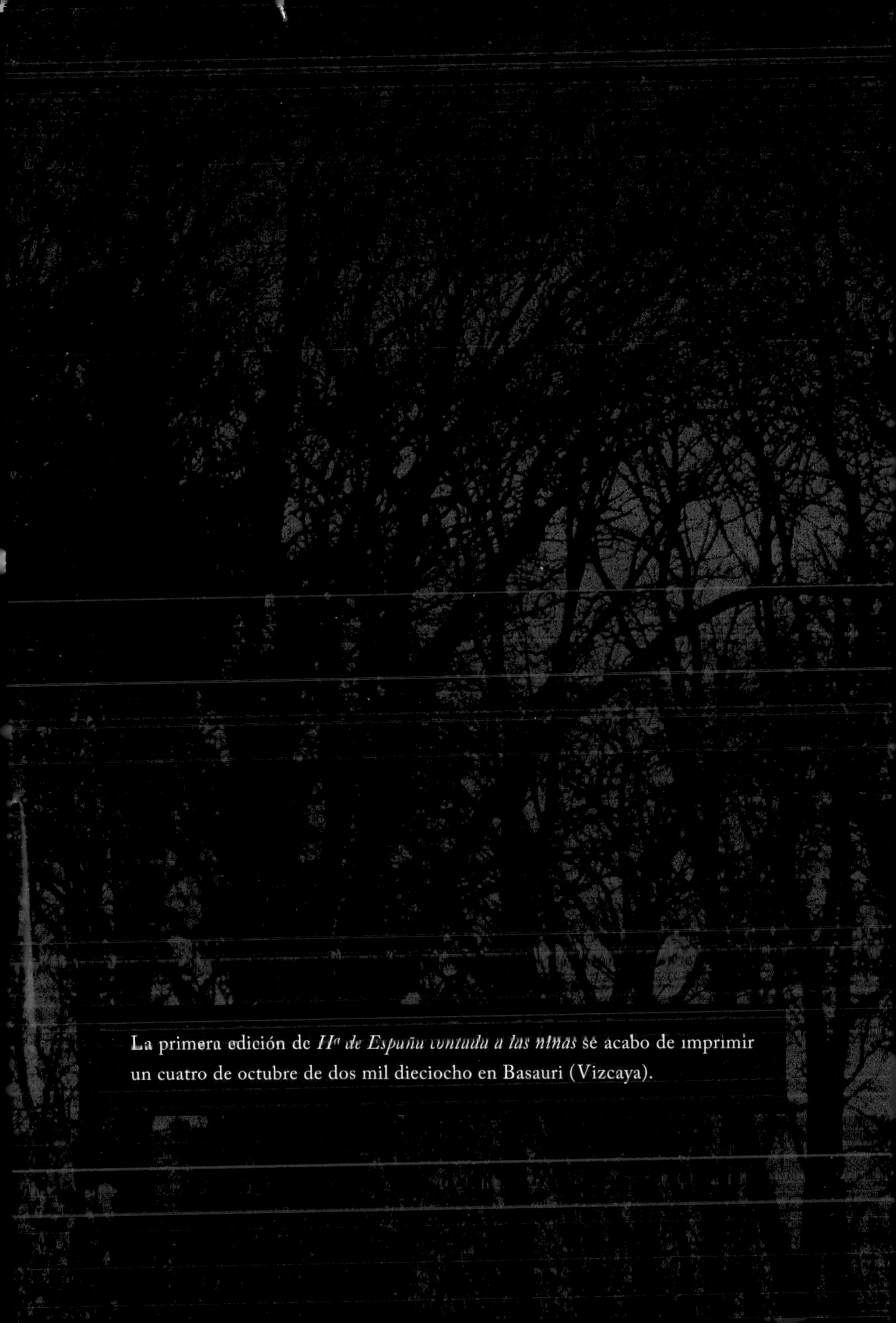

La primera edición de *Hª de España contada a las niñas* se acabo de imprimir un cuatro de octubre de dos mil dieciocho en Basauri (Vizcaya).